新潮文庫

冒険の国

桐野夏生著

新潮社版

7707

冒険の国

I

いつもと同じ。目覚まし時計が鳴る直前に目が覚めた。あと数分で鳴りだすのはわかっている。今か今かと待ちながら、なぜこんな目覚めかたをするのだろう、と不思議に思った。待つのが嫌いなのに、待つために目が覚める。その話をすると、姉の司津子《しづこ》は、「待たなきゃいいんだよ。鳴る前に止めなよ」と言う。だが、それでは決まりがつかないようで不快なのだった。そんなことを説明したところで、姉にはわかるまい。

子供の頃から、私は父親が起こしに来る前に、とっくに起きていた。今に父が来る。だから、寝ていなければならない。私はぎゅっと目を瞑《つぶ》り、隣で寝息を立てている姉を呆《あき》れたり、羨《うらや》んだりしていた。姉は、よく眠る。夢もほとんど見ないらしい。一緒の部屋で寝ていると、姉の寝顔を見ることが多かった。眠っている時の姉は、顔色が青白くなって別人みたいだった。昼間の憎たらしさが嘘《うそ》のようで、可愛《かわい》く思えた。そんな時、私は姉の頰をそっと撫《な》でさすったりした。自分が姉と違う種類の人間だと最初に感じたのは、睡眠においてだったように思う。造作なく寝入ってしまう姉に置いていかれ、闇《やみ》の中で一人考える時間。それが私を、姉よりも少し複雑な人間にしたのではないだろうか。

やっと目覚まし時計が鳴り始めた。本格的に鳴る前に、必ずかちっという微《かす》かな音がする。私は、その音の予兆も感じることができた。この、何かが始まる直前の徴候のようなものを感じることは、電話などでも時々ある。子供の頃は、かけてきた相手が誰かわかることもあった。あ、電話来る、と家族に告げて、気味悪がられたものだ。私はほんの二、三秒鳴らしてブザーを止めた。ベッドの上に半身を起こして、左の窓のカーテンを開けた。

よく晴れた二月の朝だ。私の家は築一年の真新しいマンションの十一階にある。マンションの西側にある私の部屋からは、遠くに朝日を受けてきらきら輝くシンデレラ城と、作り物めいたビッグサンダー・マウンテンがはっきりと見えた。シンデレラ城は、細い槍《やり》の先を束ね、天に向かって突き出しているように見える。今朝も、シンデレラ城の遥《はる》か後方を、ヘリコプターが前に突んのめるような格好で飛んでいた。海側は、工事中の京葉線の高架の向こうに、鉄鋼団地がある。まだ人影のない黒いアスファルト道が、何の躊躇《ためら》いもなく、真っすぐ海に向かって延びている。この土地はすべてが矩形《くけい》なのだ。

海が埋め立てられてから、私は急にこの街が好きになった。腐った海水は、固く埃《ほこり》っぽい大地に覆《おお》われ、何ものにも遮られない海風がひゅうひゅう吹き渡る。遥か向こうに遠のいた海は、以前より光って見えるようになった。埋立地に立てばわかる。ここでは、土地の微かな起伏を微塵《みじん》も感じることがない。均一という不自然さ。だが、この地球上のどこにもない景色は、今朝のような冬晴れに映えてとりわけ美しい。

今日も会社に行く以外、何の用事もない。私は洋服ダンスを左右に開けて、昨日も着ていた黒いセーターを被《かぶ》り、グレーのウールパンツを穿《は》いた。気が付くと一月以来、ほとんど同じ格好で通勤していた。

　ベッドを適当に整えて居間に行く。父はすでに起きていた。紺地に白い線が入ったトレーニングウェアの上下に、着古した辛子色《からしいろ》のカーディガンを羽織っている。母のお古だ。姉が体裁悪がって何度も捨てたが、父はその度にまた拾って来てしまう。

「起きたか」

　父は対面式キッチンの流しから、老眼鏡越しに私を見て言った。起きたか。それが朝の挨拶《あいさつ》なのだ。老眼鏡の右側の蔓《つる》が外れているので、荷造り用のビニール紐《ひも》で器用に巻き付けてあった。中学生の頃は、よく見れば端整な顔だ、と思ったこともあるのだが、今は頰の肉が落ちて、どこか無残な感じがする。

　老いてだらしない格好をした父ほど、モダンな対面式キッチンにそぐわない存在はない。父にとっては、キッチンシンクは流しであり、ガスレンジはガス台であり、ファンは換気扇なのだ。いや父どころか、私たち家族そのものが、この埋立地に建った高層マンションにそぐわないのだった。

　この街に住むことを選んだ人達は、荒川を渡ってどこからかやって来た。大体が幼い子供を連れた若夫婦だ。夫たちは川を越えて毎日東京方面に出勤し、妻たちは幼児をマンション内の敷地で遊ばせる。そして、休日は都内のデパートに買い物に行く生活。

だが、私たち一家は老いた母が相変わらず働き、失職した父は主婦代わりをし、姉も私も、三十歳を過ぎたのにまだ結婚せずに一緒に住んでいる。この街は、私が生まれて育った場所だ。元から住んでいるのに、いつの間にか、生活と環境が食い違ってきて居心地が悪くなっている。いや、変わらぬ暮らしをしていた私たちが、違う場所から来て違う生活をしている人間たちに、取り囲まれて孤立してしまったような感じなのだ。

父は流しに屈《かが》み込んだ。がつがつと音をさせて、不器用に葱《ねぎ》を刻んでいる。包丁が切れないのだろう。ガス台に魚焼き網を乗せて、干物《ひもの》を焼き始めた。私が洗顔しに廊下に出ると、後ろから声がかかった。

「済んだら大根おろしてくれや」

父は毎朝、同じことを言う。干しカマスの焼ける匂《にお》いを嗅《か》いで洗面所に向かいながら、我が家の朝食の匂いも、このマンションにはそぐわないだろう、と私は思った。一歩、玄関を出ればわかる。廊下中に、そしてエレベーターの中に充満しているのは、ベーコンエッグとトーストの焼ける匂いだし、擦れ違う男たちは例外なくミルクコーヒーの匂いがした。

父はレンジに備え付けの魚焼き器を嫌って、毎朝ガスの炎で魚を焼いている。その匂いは早くも築一年の我が家に染《し》み付き、マンションの開放廊下に流れ出し、隣近所に迷惑をかけているに違いなかった。私は月刊の自治会報にこのことが書かれるのではないかと密《ひそ》かに恐れていた。先月号はゴミの出しかたと無謀なスケートボードについて、その前は騒音が問題になっていた。

顔を洗って簡単に化粧をし、大根おろしは面倒なので忘れた振りをして、さっさと食卓に着いた。ほんの一瞬、父から老人の匂いがした。父が死んだ祖父と同じ匂いになっていく。祖父はとっくに死んだのでどんな匂いか忘れていたが、間違いなく同じだった。私は顔を背け、テレビのスイッチを入れた。NHKの連続ドラマが始まったところだ。すると父がテーブルの上のリモコンをさっと操作してチャンネルを替えた。ガチャピンとムックがラブ・ミー・ドゥをバックにスキーをしていた。

私は気に留めないで話しかけた。

「今日、寒いかな」

「昨日と同じぐらいじゃねえか」

父は画面に目を奪われながら、器用にカマスの身をむしっている。私の顔など全然見なかった。

部屋には朝日が横向きに射《さ》し込んで、眩《まぶ》しく暖かかった。外の気温は冬の光の鮮やかさから推し量るしかない。私は目を細めて外を見た。が、ガラス窓が曇っていることに気付いた。ガラス窓だけじゃなかった。部屋中の物がうっすらと埃を被り、雑然としていた。一年前のぴかぴかの部屋はどこに行ったのだろう。こんなはずじゃないよ、と私は口の中で言った。

「ん？」と父は顔を上げて、初めて私を見た。

「何か家の中、汚くない？」

父は、黙って飯を口に入れた。私は部屋中を検分した。新築マンションのために、私と姉が、吟味して選び、金を出し合って買った物がすべて死んでいた。リビングのコーナーに合う形と色をしたソファの上には、この数週間分の新聞と女性週刊誌が積み上げてあり、昔から我が家にあった渋茶色の座布団《ざぶとん》が載っていた。母がその上で正座して、テレビを見るのだ。

姉の自慢の、ガラス板を載せたラタンテーブルは隅に追いやられ、ミカンの入った籠《かご》とスーパーのちらし、母が同僚から貰《もら》って来たピンクや黄色の派手なセーターを着た小さなキューピー人形たちが載っていた。そして、テーブルがあった場所には、前の家で使っていた電気ゴタツがちゃっかり出ていた。捨てても捨てても戻って来る父のカーディガンのように、新居に入ったとて、気が付くと何も変わってはいないのだった。

対面式キッチンに相応《ふさわ》しい、と天板に黒御影石《くろみかげいし》を模したダイニングテーブルを選んだのに、この上にも、父のもうひとつの老眼鏡や、プラスチックの灰皿、母のちぎり絵のやりかけ、菓子袋、スーパーのレシート、染みのついた鍋《なべ》敷き、急須《きゅうす》、朝刊、醤油《しょうゆ》差し、ボールペン、輪ゴム、と家族全員のありとあらゆる物が所狭しと載っかっていた。この部屋にあるものすべてが、生活の薄汚さを証明し、意気を挫《くじ》けさせるものばかりなのだ。一歩、外に出て吸う広い空気とは大きな違いがあった。

私は金魚のように口をパクパクした。父は私に気が付かない様子で、一心にテレビを見ている。

父と二人だけの朝食が始まったのは、ここに越してからだった。食品センターの魚市場に勤める母は、朝五時に出掛けて夕方前に帰る習慣が、この二十年来続いている。母は活動的で、現実家で気が強い。姉がまた母の性格にそっくりだった。

姉は高校を出るとすぐ、都内の区役所に勤めた。家が旧市街にあった頃は、私と同じ時間に家を出て間に合っていたが、今はより海側に移ったので、早く出なければならなくなった。朝からテンションの高い姉に会わなくて済むのは嬉《うれ》しかったが、私の靴を履いて行かれたり、勝手に手袋を持ち出されたり、迷惑この上ないのだった。抗議すると、「靴ぐらい、いいじゃない。貸してよ」と私がまるで吝嗇《りんしょく》であるかのように怒るので、私も言うのが面倒臭くなった。三十六歳になっても、他人と暮らしたことのない姉は、神経が粗雑なのだ。

「帰りに西友で何か買ってこようか」

私はコートを羽織りながら、まだテレビを見ている父の背に話しかけた。画面はニュース番組に変わっている。

「ああ、電話してくれ」

「じゃ、行ってきます」

いつも通り返事は返ってこない。私の大好きな決まりがつかないので嫌だった。決まりさえつけば、家の中の埃も雑然とした物やことどもにも我慢しよう、と思うのに。父は、家族間のコミュニケーションなんかに興味がないのだ。思えば、母も姉も私も、うちの女たちは皆一人で家を出て行く。私はドアを閉め、外から鍵《かぎ》を掛けた。そして、とても鬱陶《うっとう》しいものを閉じ込めた気になった。

巨大な吹き抜けを囲む開放廊下から、中庭の遊具のある芝生と、一面だけのテニスコートに半分太陽が当たっているのが見えた。あと一時間もすれば、陽射しが広がり、両方とも幼児連れの若い母親たちで埋まるだろう。

L字型をした建物の頭と、しっぽの部分にそれぞれ二基ずつエレベーターがある。私はしっぽの方にあるエレベーターを使う。こちらは自転車置き場にやや遠いせいで、空《す》いているのだ。エレベーターは最上階からすぐ降りて来た。

ピンクのコートに菫色《すみれいろ》のパンツを穿いた女性が乗っていた。会釈《えしやく》して中に入ると、その人は慌《あわ》てたようにぴたっと壁際《かべぎわ》に詰めて早口に挨拶した。

「お早《はよ》うございます」

我が家の真上に住んでいる宇野さんの奥さんだった。半年前に、引っ越しの挨拶に来たので、このマンション内での数少ない顔見知りだ。いつもモノトーンの服を着ているような地味な人だったはずなのに、と私は宇野さんの華やかな変貌《へんぼう》に驚き、挨拶を返した。

「ゆうべ、すみませんでした」

宇野さんはぺこんと頭を下げた。髪から女子高生のようなシャンプーの香りがする。

「何のことですか」

「昨日、主人がお友達連れて来て遅くまで飲んでたんです。うるさかったんじゃないかと思って」

「あら大丈夫ですよ。うちは全然平気です」

言われてみれば、多少、天井から物音がしてはいたが。

「あのう、うるさかったら遠慮なく仰《おつしや》って下さいね。本当に」

私は、宇野さんに好感を持った。宇野さんは、整った品のいい顔立ちをしていて、髪も柔らかな自然の茶色で艶《つや》があり、子供がいないせいか学生のように見える。なのに謙虚で感じがいい、と思ったのだ。マンションに入居した人たちは、皆何となく威張って見える。自分たちがさも正しく、楽しい生活をしているかのように。エレベーターが一階に着いた。宇野さんは「開」のボタンを押しながら言った。

「お宅にはおじいちゃまもいらっしゃるでしょう。だから、気になって」

おじいちゃま？　そうか、父のことか。私は一瞬ぴんと来なかった。父はおじいちゃん。なら、母はおばあちゃん。言うまでもなく、両親は孫の二、三人がいて普通の年齢だ。時々、当たり前のように放たれる、他人の言葉にどきっとする。

「ともかく、何でも言って下さいね。じゃ、ごめんください」

宇野さんは、手慣れたデパートの案内嬢のように、空いている手で、私を誘導する身振りをした。私たちはエントランスホールで軽く会釈して別れた。宇野さんは上品だし、笑いかたも感じがいい。私は感心して、彼女が駐車場の方に歩いて行く後ろ姿をぼんやりと眺めた。そして唐突に、宇野さんがとても小柄なことに気が付いた。顔の美しさについ見とれて、腰を屈めて話していたことを意識しなかった。

宇野さんのご主人は大柄だ。いや、大柄と言うより、異様な大男と言ってもよい。エレベーターで乗り合わせた姉が、プロレスラーが住んでいる、と慌てたほどなのだ。あまりにも対照的ではないか。二人の組み合わせはオリンピックで優勝したソ連のフィギュアスケートのペアを思い出させた。大男と子供のような女。私は、二人が遠い目的に向かって突き進んでいるかのような幻想を抱いた。しかし、結婚生活は競技ではないのだから、そう感じさせられるのも何となく薄気味悪くはあった。人のことをあれこれ考えるのはよそう、と私は反省したが、宇野さんが謎《なぞ》めいた人物であることは確かだ、と思ったのだった。

2

私の職場は、ある中堅建設会社の出張所で、今や、寂れつつある旧市街にあった。区画整理などという概念が生まれる前に、いつの間にか生まれた街村、旧市街は、種類と質とやる気がばらばらのいろんな店が出来ては消え、消えては出来、していた。この街の猥雑《わいざつ》さは、埋立地の整然とした美しさとは対極にあるのだが、エネルギーだけはあった。が、それも今はすぼみかけている。折角ディズニーランドという売り物が出来たのに、観光客は皆、この旧市街を素通りしてバスで行ってしまうのだ。それに、もうじき埋立地の方には電車が通る。そうなれば何もこの遠い地下鉄駅のある街から行かなくても済むようになってしまう。

私はパチンコ屋の駐輪場に自転車を置かせて貰い、一軒向こう隣の雑居ビルに入った。ビルとはいっても、古く細長い四階建てで、たった三軒のテナントしかない。

一階が弁当屋とその狭い厨房《ちゅうぼう》、二階が弁護士事務所と私の勤める出張所、この三軒だ。三階は吉田《よしだ》さんという大家さんの自宅になっていて、四階は鈴木さんというおばあさんが住んでいる。吉田さんも八十歳近いおばあさんだが、鈴木さんとはどういう関係なのか、誰も知らない。階段を上る前に、入り口のポストを覗《のぞ》いた。NTTからの封書がひとつ入っている。

「お早う。今日はそんなに寒くないね」

ちょうど階段を降りてきた大家の吉田さんに声をかけられた。吉田さんは必ずその日の天候から話に入る癖があった。緑のトレーニングウェアの上に割烹着《かっぽうぎ》を着けて、箒《ほうき》と塵取《ちりと》りを持っている。年の割りに姿勢がいい。と言っても、トレーニングパンツが大きいのか、裾《すそ》を随分と折っていた。父もそうだが、吉田さんもトレーニングウェアを着ると、何だか急に老《ふ》けて見える。体が楽そうだと、運動能力は劣って見えるから不思議だ。私は耳の遠い吉田さんのために大声で挨拶《あいさつ》した。

「お早うございます」

「あんた、今日、お弁当持って来た？」

私はかぶりを振った。たまに気が向くと、姉と相談して弁当を作ることがある。

「じゃさ、村田さんとお昼、ちょっとうちにおいでよ。シチューでも作るから」

「いいんですか」

「いいわよ、任せて頂戴《ちょうだい》」

吉田さんは、きびきびした口調で言った。村田さんというのは、隣の弁護士事務所の四十になる秘書の女性だ。私と同様独身で、船橋から通っている。

「今日はタンシチューだよ。あんた、タンて何だか知ってるかい」

吉田さんは楽しそうに、鼻歌まじりでビルを出て行った。吉田さんがどうしてこの街に住み着いたのかはわからない。吉田さん自身は詳しく言わないが、昔、大連から引き揚げて来たのだそうだ。そのせいか、洋風の垢抜《あかぬ》けた料理がうまかった。

鍵《かぎ》を開けて事務所に入り、私はまずカーテンを開いた。それから小さな流しに付いているガス台の栓を捻《ひね》ってやかんを掛けた。雑巾《ぞうきん》を絞って机を簡単に拭《ふ》く。そして洗って伏せてあった来客用のガラスの灰皿を、入り口前の小さなカウンターの上に置いた。それで朝の仕事はおしまいだ。事務机がふたつ、電話がたったひとつの小さな出張所だ。ここにはファクスもコピーもワープロも何もない。電話が鳴った。九時を少し回っている。

「はい、トモエ建設でございます」

「お早う。野呂《のろ》です」やはり、出張所所長の野呂だった。「あのさあ、今日、西船の入札あるから、午後から千葉支社に回るから。また電話入れるけど、何かあったら支社に電話ね。じゃ、よろしく」

　野呂は必ず、私が時間通り来ているかどうか調べるために、朝一番に電話を入れるのを習慣としている。この出張所の留守番の仕事について今年で四年目だ。それはないじゃないか、と私はこの電話が来る度、気分を害した。第一、今日野呂が千葉支社に行くことなど、一昨日《おととい》から知っている。

　しかし、野呂の存在さえ我慢すれば、ひとりでいるのが好きな私には快適な職場だった。仕事はほとんどなく、電話番をしていればよい。ばかりか、差し支えない程度に本を読んでもいい、という約束だった。

　こんな条件に私は満足していた。友人たちは皆、口では羨《うらや》ましがってみせたものの、本心では退屈過ぎる、と思っていたようだ。だが、退屈するほど楽な職場ではなく、これはこれで気苦労がある。私は吉田さんを始めとして、いろいろな地縁血縁が職場にまで入り込むのに、時々うんざりしていた。

そもそも、この仕事を見付けてきてくれたのも、駅の向こう側の食品センターで働いている母の同僚だった。そのためか、母や父の昔馴染《なじ》みが、しょっちゅう声をかけてくる。話題のほとんどは結婚や恋人についてだった。

「どう、元気？　あんた、お母さん心配してるよ。こんな職場を紹介しちゃったもんだから、益々《ますます》縁遠くなるって。あたしも実はそれが心配。早くいいダンナ見つけて結婚しなきゃ、お母さん可哀相《かわいそう》だよ。あんた、諦《あきら》めてるんじゃないのかい。それじゃ駄目だよ」

彼女たちは、その気のない私を見て苛立《いらだ》つらしい。確かに、五年前に川崎のアパートからここに帰ろう、と決めた時の私は何かを諦めていた。が、それを結婚と断定してしまうのは全然正確ではない。もっと大きな、たとえて言えば「夢の生きかた」とでも言ったらいいのかもしれないが、うまく説明できない。

つまり、こういうことなのだ。ああしたい、こうしたい、と思えなくなった。未来に対して夢が描けないどころか、私に夢なんてあったかしら、とも思った。だから私は、今後は消去法で不快なことを避けていこう、と誓ったのだ。その時点では「結婚」も「六畳一間のアパート」も「男」も不快なことだった。そして、家に帰って来て気付いたのだが、それ以前の私の最も不快なことは、「父と暮らす」ことだった。ずっと前から、私は消去法で生きているのかもしれない。だとしたら、今消したいものは何だろう。

お茶を淹《い》れて、朝刊をゆっくり読んだ。それから今朝ポストに入っていたNTTからの郵便物を開けてみた。「通話料金明細記録」とある。明細を取ったのは、野呂に決まっている。私がいくら夢を捨てたとて、この事務所での友人との長電話は公言できない楽しみになっている。私は手紙と封筒を揃《そろ》えて右端をホッチキスで留め、机の引き出しに入れた。数日後に野呂に渡す。多少、忘れた振りをした方がいいだろうか。いや、それはいかにも不自然だ。それに野呂自身も郷里の宇都宮に、時々事務所から電話しているではないか。私の私用電話とどっちが高いだろうか。私はそんなせこいことを考えながら、百グラム三百円の煎茶《せんちゃ》を飲んだ。

今日の午前中のために取ってあった仕事は、戻って来た年賀状を見て、住所変更や氏名ミスのチェックだ。途中でさすがに飽きて、私は窓の外を眺めた。二階のこの部屋からは、国道に架かる大きな歩道橋の階段しか見えない。ちょうど歩道橋の階段を下りて来た紺のコート姿の女子高生の二人連れが、こちらを覗き込んだ。こんな寂しいところで仕事している女もいるんだ、と思ったかもしれない。二人とも驚いたように、すぐ目を背けたからだ。そうだ、自分も高校生の頃は、こんなしょぼくれたところで仕事しよう、なんて思っていなかったはずだ。

私はその時の自分を思い出そうと試みた。でも、浮かんでくるのはあの埋立地に建ったばかりのプレハブ校舎と、砂埃《すなぼこり》の舞うアスファルト道だった。雨が降れば校庭はひどいぬかるみで十日以上も使えなかったし、降らなければひび割れた。海からの風が強く、いくら掃いても掃いても校舎の隅には土埃が溜《た》まっていた。でも、海に沈む夕陽は美しく、夏の風は爽《さわ》やかで潮の匂《にお》いがしていた。そして海岸線はどんどん沖へと後退していった。私にとって、それは嫌なことじゃなかった。嫌なことは、いつも変化する直前の何かにある。そう、目覚ましベルが鳴る直前の緊張のように。賑《にぎ》やかな素振りをする古い街や、腐った海の中に、だ。

電話が鳴った。はい、と答えた途端に「大丈夫、今？」と由佳子《ゆかこ》の低い声がした。由佳子は野呂を気遣って、いつもこういう言いかたをする。

「うん、大丈夫。今日は来ないって」

「じゃ、少し話しても平気？」

由佳子は週に一、二回こういう電話をかけてきた。大概は由佳子が一方的に喋《しゃべ》り、私がおとなしく聞いている。私と同じ三十一歳で、子供が小さく夫の帰りが遅いせいか、常に大人と話したがっていた。正直言って、話すのが面倒な時も、迷惑なこともあるが、仕事もなく本に飽きた時など、由佳子の電話が欲しいこともある。今日は後者だった。「いいわよ」と声が弾んだ。

「ねえ、今度そっちの方、ホテルが沢山建つんだってね」

「そうよ。ディズニーランドの周りに今建ててるわよ」

「いいわねえ。やっぱ、そっちにマンション買うべきだったなんて、今頃ダンナが言うのよ。遅いっつうのよね。ああ、失敗した。こんな田舎に引っ込んじゃってさ。ちっともマンション、値上がらないんだから。それに引き換え、そっちは今度電車も通るんでしょ。何ていうんだっけ」

「京葉線」

「そうそう。美浜のうちは正しいよ。ちゃんと発展途上のとこ押さえたんだもん」

「だって、ここから動けないんだもの、仕方ないよ」

私は由佳子の言いかたが可笑《おか》しかった。由佳子もあの埋立地のプレハブ校舎を出たのだ。なのに、この場所を嫌がってメーカーの男と結婚し、多摩川の向こうに行ってしまった。由佳子の両親も流山に移り、ここにはごくたまに、ディズニーランドに遊びに来るぐらいだった。

「凄《すご》いよねえ。湾岸開発プロジェクトとかいうのやってるんでしょう」

「らしいけど、よく知らない」

「だって、美浜の会社もそれで忙しいんじゃないの？」

「たいしたことしてないわよ。だって、そういう大きなプロジェクトとかいうのはゼネコンしか取れない仕事だもの。うちは駅前のちょこちょこ」

「今景気いいのよね、建設って。お給料いいだろうな」

こんな具合に私たちはだらだら話し続けた。

「由佳子は近頃お金のことばっか言うね」

「そうなんだよ」由佳子は電話口で息を飲み込んで喋り続けた。「ダンナにも言われた。おまえ最近金の話しかせんなって。でも、そういうあの人だって、金がないっていつも嘆いているわ。こないだの給料日前なんか、五十円しかなかったのよ。

定期の他に五十円しか持ってないんだよ。呆《あき》れたわよ」

「へえ、水谷さんがねえ。あの人、お坊ちゃんの感じだったのにね」

「もう駄目ね、子供が出来るとなり振り構わないわよ。それに、最近、金持ちと貧乏人の差が歴然としてきたでしょう。だから、あたしたち焦《あせ》ってんのよ」

「どうして焦るのよ」

「だって一生貧乏人でいてごらん。うちの清花《さやか》だって可哀相よ」

「でも、みんなそうならいいじゃない」

「だから、みんなそうじゃないんだってば」

　由佳子ははっきりと言い放った。声に自信が溢《あふ》れていた。

「こんな団地マンションにいたってわからないけどさ、街に行くとわかるのよね。渋谷とか新宿とかに行くと違うなってはっきり思うのよ。子供にミキハウスとかミニバツ着せて、自分はニコルとかビギとか着て、亭主はビーエムとか乗っちゃって、一体全体どうしてこんなに違うんだって叫びたくなる。うちの車は中古のマーチで、清花に着せるのは団地のママから貰《もら》ったお下がりばっか。うちのダンナなんか私服持ってないのよ。可哀相に、パジャマとスーツしかないの。だから、たまの休みに出掛ける時なんか、スーツのズボン穿《は》いてる。あたしだって何も買えないから、美浜と電話で喋るしか楽しみがないのよ。それだって電話代かかるからしょっちゅうできないじゃない」

「つまり、由佳子は消費したいの？」

「当たり前じゃない。それも気持ち良く消費したい。ケチケチしないで」

「誰だってそうでしょ」私は笑った。

「すぐ一般論にするんだよ、ミハマは。だから困るんだ」

「だって、私にはそういう欲望あまりないから、一般論にしないとよくわからないんだよ」

そう言いながら、私は自分を誤魔化しているような気がした。本当は由佳子の欲望はよくわかっている癖に、自分にはないような振りをする。諦めたり、振り捨てることが、私の生きかたになったのはいつ頃からだろう。

「じゃ、あなたはいい男見付けて早く結婚したい、とか思わないの？　そこのマリナーストにLAみたいな家を建ててさ、楽しく消費して暮らしたいとか思わないの？」

新しく生まれた街に建つ、パステルカラーの壁と白い窓枠を持った家。屋根裏部屋からは沖のヨットが見え、庭の芝生では子供が楽しそうに遊ぶ街。しかし、私はそこにいる自分をどうしても想像できなかった。新しい街が古く汚いものを排除して生まれるのなら、私や私の家族は排除される側にある。それは、今住むマンションで実感している。私がどんなに埋立地が好きでも、骨の髄から旧市街の人間だ。父は元漁師だし、母は魚市場に勤めている。新しい街は、その街の過去を知っている人間を拒絶する。それでも出て行けない私たちは、中空に浮かんだ部屋で傍観者になっているだけ。こんな気持ちは十年以上も前にここを出た由佳子にはわかって貰えないだろう。言葉は途切れた。

「ねえ、こないだ柴田《しばた》さんに会ったわよ」

由佳子が声を潜めた。電話の向こうから、ママ、と子供の声がする。昼寝をしていた清花ちゃんが起きたと見える。私は息を吸ってから尋ねた。

「いつ、どこで」

「新宿の歩行者天国で。珍しく一家で買い物に行ってね、歩行者天国を歩いていたの。そしたら、大道芸みたいなのをやってて、その輪の中にいた。一番前で見てた」

　柴田らしい、と私は思った。柴田は子供のようなところがあった。人だかりがしていれば、必ず前に行って確かめたがった。柴田は、私が同棲《どうせい》していた相手だ。川崎のアパートで三年間一緒に暮らした男。籍は入っていなかったが、三年も一緒にいれば結婚したも同じだろう。しかし、柴田のことは家族の誰にも言ってなかった。

「どんな風だった」

「うん、何かくたびれてた。頭も薄くなっていたから、最初わからなかったもん」

いい気味だ、とは思わなかった。柴田も、あまり幸せではないような気がして、私は溜息《ためいき》を吐《つ》く。二人で一緒に暮らしたことが、今の味気ない生活を生んだのかと思うと、何とはなしに無駄なことをしたようにも思える。

「喋らなかったのね」

「遠くから眺めただけ」

　私は沈黙した。六畳一間のアパート。男の汗の臭《にお》い。諍《いさか》い。私の借りた部屋に転がり込んで来た柴田との生活が、一瞬蘇《よみがえ》ったからだった。結局、由佳子は二月中に私の家に遊びに来ることに決まって、電話を切った。

もうじき昼だ。私は吉田さんとの約束を思い出し、隣の池沢弁護士事務所のドアを叩《たた》いた。弁護士事務所というと聞こえはいいが、うちと似たりよったりで、違いは、先生の机が立派な木製なのと、ワープロとレンタルのコピーマシーンがあることぐらいだった。高齢の池沢弁護士が事務所に来る頻度は野呂と同程度なので、私は村田さんとよく一緒にお昼やおやつを食べていた。

「こんにちは。吉田さんから聞きました？」

「ええ、タンシチューですってね」

眼鏡を掛け、アンゴラのピンクのニットスーツを着た村田さんは、ワープロを叩きながら私を見上げて言った。忙しいのか、ニットが暑いのか、鼻の頭に汗を掻《か》いている。

「どうしましょうか。下でお寿司《すし》でも少し買って行きますか？　だったら、私買って来ます」

吉田さんが料理名を言った時は、本当にそれが一品だけなのだ。だから、村田さんは私の提案にほっとした顔をした。

私はビルの外にいったん出て、一階の弁当屋の列に並んだ。するとパチンコ屋の隣にあった、閉まったままの店舗の取り壊し作業が始まっているのに気が付いた。内部に作業員が入って、思いっきりメリメリと壊している。

前は何だっけ、と私は中を覗《のぞ》き込んで考えた。四年前は流行《はや》らないラーメン屋で、それからDPEショップになり、立ち食いそば屋になり、Gパン屋になり、一番新しいところでは、中国やインドなどの雑貨を売る怪しげな店になったのだった。店のあまりに激しい入れ代わりは、エネルギーを感じさせるよりは、何か非常に運の悪い場所、というイメージを与えていた。私の順番が来たので、弁当屋の奥さんに聞いてみた。

「あそこ、今度何になるんですか」

「よくわからないのよね。一応、更地にするらしいけど、うちの人が地上げ屋にやられたんじゃないか、なんて言ってる」

「こんなところで地上げ？」

奥さんは笑って続けた。

「一応、まだ流行りの土地だもん。あっちに負けちゃいけないって、皆必死だからさ」

「あっちって?」

「ディズニーランド」

「勝負はついてるんじゃないですか」

私がそう言うと、奥さんは「まあね」と諦《あきら》めたように頷《うなず》いた。皆、わかっているのだ。それにしてもこの街は始終、何かを壊し、何かを建てている。そして、出来上がってみるとすぐ街に溶け込み、前にあったものは忘れ去られる。なのに、全体はいつまで経《た》っても、ちっとも綺麗《きれい》にならない。まるで、うちの家族のようだ。

3

「簡単ですよ、テニスなんて。吉田さんもおやりになればいいのに」

村田さんは顔を綻《ほころ》ばせて勧めた。

「駄目よ。あなた、いくら何だって、もう走れないわよ」

吉田さんは村田さんを睨《にら》んでみせたが、心の中では案外いける、と思っているのかもしれない。吉田さんは自信家だ。私は、おとなしく微笑《ほほえ》んで、ミカンの白い筋を取っていた。村田さんはテニスが好きで、休みはほとんどテニスをしているそうだ。見かけは骨細で優しげだが、よく陽に灼《や》けて健康そうだ。夏になるとノースリーブのブラウスから出ている二の腕が、案外逞《たくま》しいのに驚いたこともある。

「でもね、見て下さい。ここ」

村田さんはコタツの向こうで、こめかみのあたりを指さした。吉田さんも私も釣られて見た。

「染《し》みなんですよ。どんどん広がってしまって、もう手が付けられないの」

「ああ、それはもう駄目よ。早目に手当しないと」

吉田さんは冷たい。

「でも、目立たないですよ。言われるまで気付かない」

本当は目立っているのだが、私がそう慰めると、村田さんはうんうんと頷《うなず》いている。

「そう言ってくれるのは、永井さんだけよ。いいわよね、独身同士で仲良くしましょうね」

村田さんはふざけて言うが、ドクシンという言葉の響きは古めかしくて重い。自分では何も考えていないのに、言葉でがんじがらめにされていくような気がする。

「あたしだって独身よ」

吉田さんの言葉に、村田さんと私は目を合わせた。私は、腕時計を見た。

「あら、一時ですね。帰らなくっちゃ」

「まあだ、いいじゃない。今日は野呂ちゃんは来るの？」

吉田さんは、お寿司の残っているポリ容器をぱきぱきと音を立てて蓋《ふた》した。そして、輪ゴムで手早く止めた。退屈なので、もう少し私たちに居てほしいのだろう。本人は気付いてないが、吉田さんはつい口が災いしてしまうので、誰もが敬遠気味なのだ。それに今日は仕事が詰まっているらしい村田さんが、さっさとシチューの皿を重ね始めた。

「所長は来ないみたいですけど、いろいろと」

私も湯飲みを片付けかけた。忙しくはないが、馴《な》れ合いを恐れていた。その時、部屋のドアを誰かがノックした。

「はあい」吉田さんは張りのある若い声で返答してから、私に言った。「あんた、ちょっと出てくれる？」

「ええ」と、私は立ち上がった。

吉田さんの住居は、三階を占めているが、うちの事務所と村田さんのところを足した分の広さしかない。六畳間二つとバス・トイレという狭さだ。私たちはその奥の部屋、つまり寝室の部分で、コタツを囲んで喋《しゃべ》っていたのだが、吉田さんは玄関まで行くのが億劫《おっくう》だったらしい。

「はい、どちら様でしょうか」

私は気軽にドアを開けて聞いた。目の前に、三十代半ばくらいの男が立っていた。髪をぴったりと撫《な》で付け、黒のスーツに白いステンカラーのレインコートのようなものを羽織っていた。このビルには縁のない、洒落《しゃれ》た服装の男だったにも拘《かか》わらず、私はどこか懐《なつ》かしさを感じた。

「吉田さん、いらっしゃいますでしょうか」

男ははっきりした口調で言い、内ポケットから名刺を出して、横向きに差し出した。

「こういう者です。ちょっと折り入ってお話ししたいことがあるのですが」

私は名刺を受け取った。気取った書体で印刷された名を読む。

「ベイエリア・インクリース　リサーチ・ディレクター森口恵一」とあり、私があっと思ったのと、彼が叫んだのとほとんど一緒だった。

「あれ、美浜ちゃんじゃない」

「あ、ご無沙汰《ぶさた》してます」

私は思いがけない人間に出会った驚きで、何も言えなかった。

「ほんと、久しぶりだねえ」

恵一は、顔をくしゃくしゃにして笑った。

「この人、あんたの友達なの？」

いつの間にか横に来ていた吉田さんが、にこにこして言った。

「というか、姉の同級生なんです」

「へえ、生きてるといろんなことあるねえ」

吉田さんは優しい声で言った後、今度はビジネスライクな口調になった。

「どういったご用件でしょう？　あたくしが吉田です」

八十歳近い老人にしては、吉田さんの暮らしのテクニックはなかなかのものだった。一瞬驚いたような顔をした恵一が真顔になった。

「初めまして。わたくし、ベイエリア・インクリースの森口と申しますが、このたび、こちらの地域開発の企画を担当することになりました」

二人が熱心に話し始めたので、私は皿を洗ってくれていた村田さんと一緒に事務所に戻った。森口恵一は吉田さんと玄関先で話し込みながら、こちらをちらちら見ている。村田さんは階段を下りながら、私に聞いた。

「あの人、あなたのお友達なの」

「姉が同級生でした」私は吉田さんに言ったのと同じ答えをし、そして、付け足した。「弟さんは私と同級だったんです」

「よくあるようで、あまりないのよね。そういうことって」

村田さんは事務所の鍵《かぎ》をポケットの中で探りながら、それじゃ、と目で挨拶《あいさつ》して奥の部屋に向かった。


事務所に戻ってインスタントコーヒーを淹《い》れ、しばらくぼんやりしていた。森口恵一に会ったのは、実に十数年ぶりだった。まだこの街に住んでいるとは聞いていたから、擦れ違ってもよさそうなものなのに、噂《うわさ》すら聞かなかったのだ。その間、会いたいとも思わなかったし、向こうもそうだったと思われた。なのにこうして再会すると、十数年前のことが蘇《よみがえ》り、私は一人の人間のもたらすもの、例えばその人に纏《まつ》わる思い出の中の空気の匂《にお》いや時間の流れかたや、その時の私の心の動きなどのすべてに、大きく揺り動かされていた。

恵一は、吉田さんの用事を済ましたらここに寄ってくれるだろうか。私はそれを思い、手持ち無沙汰に開いた文庫本に、注意を集中できなかった。本はカポーティの「ティファニーで朝食を」で、七十九ページからちっとも進まない。落ち着かないまま、二ページにひとつはある訳注の数を数え、それから解説を先に読んだ。

《シンデレラになること、これは昔から世の女性たちにとって共通の夢であったし、現在もそうであり、今後もそうでありつづけるだろう》

私は、最初の一行に思わず苦笑した。昔、現在、今後。私は一度もシンデレラになりたいと思ったことはない。ドアが控えめにノックされた。私は本を閉じ、手早く引き出しに入れて「どうぞ」と声をかけた。すでに二時を過ぎていた。恵一がドアを開けて、中を窺った。

「どうぞ。誰もいませんから」

「じゃ、ちょっと失礼します」

彼は律儀《りちぎ》に入り口でお辞儀をしてから入って来た。私は立って、とっくに茶の葉を入れて用意してあった急須《きゅうす》にポットのお湯を注いだ。恵一はクラッチバッグのようなものを持ったまま、事務所の中を見回している。流行りの格好をしているが、服装に凝れば凝るほど、弱さが露呈してくるような印象があった。

「いやあ、知らなかったよ。美浜ちゃんがトモエ建設さんで働いているなんて」

「四年前からなんです。母の知人で紹介してくれた人がいて」

「俺の会社近いんだけどな」

恵一は私の向かいの席に腰掛けて、熱いお茶を飲んだ。太い手首から節の目立つ指までが弟の英二にそっくりで、私は目を離すことができなかった。すると恵一が言った。

「懐かしいね。時々どうしてるかなあって思ってた。司津ちゃん、どうしてる?」

「相変わらずで、川向こうの区役所に行ってます」

「結婚してないの」

「ええ、二人とも家にいるの」

恵一は悪いことを聞いたような申し訳なさそうな顔をした。

「待てよ。僕が三十六だから、きみは三十一になったのか。そうか」

「早いですよね。恵一さんは結婚したんでしょう」

「うん。子供二人いるよ。子供はね、上が六歳で下が四歳」

「やっぱり、ここに住んでるんですか」

「ニューシティの方にいるんだ」

ニューシティとは、ちょうど由佳子と話したばかりの美しい一戸建ての建ち並ぶ埋立地の新住宅街の名称だ。私は、例えば恵一と結婚していれば、今頃は由佳子と話したような暮らしをしているのだろうかと思い、その想像自体を心の中で笑った。ありえないことだった。

「私、エスタウンにいるんですよ。近いのになかなか会わないものですね。お姉ちゃんも、同級生に誰にも会わないって不思議がってた」

「そう言えばそうだな。人口が増えているし、昔みたいにしょっちゅう知り合いに会うようなところじゃなくなったね」

「ご両親はお元気ですか」

彼は頷き、マイルドセブンを取り出してライターで火を点《つ》けてから、カウンターの上の灰皿を引き寄せた。

「今、一緒に住んでるよ。ねえ、きみの親父《おやじ》さん、どうした？　俺、あの人、何か好きだったよ」

「元気よ。今、家で主婦してる」私は笑った。

「主婦か、いいねえ」恵一も釣られて笑い、「何だっけ、あの店の名前。そうだ『フリーダム』だよ。笑ったなあ。あの親父さんが『フリーダム』なんて名前付けちゃうんだもんね」

恵一は煙を吐き出した。父は、漁業権を放棄した後、その補償金で隣の市に喫茶店を出した。その時の店名がどういうわけか「フリーダム」だった。今でこそ老いて薄汚れているが、父は本当はハイカラなものや、モダンなものが大好きなのだ。それが、合理主義者の母や姉にはいまだ理解されてなかった。いや、理解されてはいたかもしれないが、馬鹿《ばか》にされていた。

「七〇年代しちゃってたよね」恵一は、思い出し笑いをしている。「なのに、今は主婦やってるのか。やっぱり、親父さんは時代の先端いってるよ」

「うちはみんな女が外に働きに行ってるから」

「きみんち、女が強いんだ。司津ちゃんなんか怖かったんだよねえ。俺、よくモリグチとか呼び捨てにされて怒鳴られたよ。何しろ司津ちゃんは小学校から一緒だったもんなあ」

「姉ほど変わらない人、いないわよ」

「そうかい。だけど、美浜ちゃんはあまり姉さんに似てないと思っていたけど、こうして見るとやっぱり姉妹だよね。笑いかたなんか、よく似てるよ。言われない？」

「言われませんよ」

私はやや心外だった。姉は父親に似て、面長のやや険しい顔をしている。メタルフレームの眼鏡を掛け、切り口上で何でもてきぱきと物事を決める姿は、いかにも区役所の窓口にいる、隙《すき》のない女性職員という印象だった。反対に、私は童顔の母親に似たらしく、丸みを帯びた顔が嫌で堪《たま》らなかった。しかし、いくら自分の顔が嫌いでも、無神経できつい姉に似ていると言われるのは釈然としない。

「似てるよ。一時、美人姉妹って言われたこともあるじゃない」

「一時ですか。誰がそんなこと言ったんですか」

私は笑って誤魔化した。

「英二が言ってた」

英二。実は、私も恵一の手を見て、英二のことを思い出していたのだった。彼らの場合も、昔はあまり似ていないと思っていたが、時間を隔てて会うと、細部がそっくりなのに驚かされる。だが、やはり違う人間だった。特に、英二についての記憶は、二十歳の時で止まっているからだろうか。彼が生きて私と同じ三十歳になっていたら、どんな男になっていたのだろう。こう思った時、ふと目を上げると恵一も英二のことを考えていたらしい。目が合うといきなり言った。

「来年、十三回忌なんだよ。早いでしょう」

「本当にご無沙汰しちゃって、すみませんでした」

私は時間が経《た》ったことを実感した。

「こちらこそ。親父さんにも世話になったのに、挨拶もしないですみません」

私たちは事務机に向かい合って腰掛けたまま、堅苦しく挨拶し合った。そして、どちらからともなく微笑《ほほえ》み合った。

「いやあ、突然押しかけてすみません」恵一が飲み干した茶碗《ちゃわん》を、そっと茶卓に置いた。「仕事場なのに、調子に乗って長居しちゃった。上の吉田さんが所長さんいないわよって言うんで、ちょっと覗《のぞ》いただけだから」

「あら、大丈夫だからゆっくりしていって下さい。私の仕事って留守番だから退屈なんです」

「いやいや、会社だもの、そうもいかないでしょう」

恵一は立ち上がったが、もう少し話したそうではあった。

「恵一さんは、どういうお仕事してらっしゃるんですか」

「僕ですか？　僕はね不動産関係。実は吉田さんの土地を売って貰《もら》いたくて来たんだけど、思いがけなくきみに会っちゃった」

「あら、吉田さんは何て仰《おっしゃ》ってました」

「売らないそうです。でも、良かったらきみの方からも勧めてみて。半分、冗談だけど」

残り半分は本気なのだろう。

「じゃ、隣の土地もあなたのところで買ったの」

「そう。知らないかなあ。『ベイエリア・カフェ』って舞浜のほうにあるんだけど、そういう店舗開発なんかしてるんだよ」

「名前は知ってます」

雑誌などでも度々取り上げられるような、インテリアやメニューに凝った新しい店だ。

「今度、行ってみてよ。なかなか面白いから」

「はい」と私が素直に返事すると、恵一は思い出したように、スーツの内ポケットから名刺を出して机の上に載せた。

「じゃ、姉さんによろしくね」

森口恵一はクラッチバッグの中から黒のマフラーを取り出し、粋《いき》にスーツの襟元に入れた。そしてコートを手にしたまま、狭い事務所を出て行った。私は恵一の使った茶碗と灰皿を流しで洗いながら、英二が死んだ十一年前から遠い場所に来てしまったような気がした。英二が生まれた街で暮らし、英二と歩いた道を自転車で走っているというのに。


私と英二は小学校からずっと一緒だった。何度か違うクラスになったこともあるが、ほとんど同級だったし、互いに兄弟姉妹が一緒の学年なので、いつも消息が気になるところがあった。同じ高校に進学した途端、英二は髪をグリースで立て、短い上着に太いズボンを穿き、意気がるようになった。馬鹿なことをする、と思ったが、私は埋立地の中の一本道をいろんなことを喋《しゃべ》りながら、英二と登校した。英二の変貌《へんぼう》が、両親や恵一への反抗心からだということがわかっていたので、面白かったのだ。やがて、私たちは付き合い始めた。しかし、子供の頃から知っている英二とは、恋人と言っても言い足りないような気がする。もっと近く濃く、双子の兄妹《きょうだい》みたいな感じがしていた。片方が欠けたら、生きていけないだろうと思うほどに。でも、欠けたのだ。

英二の両親は二人とも教師で、教育に熱心だった。が、兄の恵一が大学に行かずにアメリカに行ってしまったので、英二に対しては、逆に臆病《おくびょう》になっていたらしい。英二がボンタンを穿こうが、浪人しようが、何も言わなかった。大学に進学してくれるだけでいい、と思ったのだろう。高校を卒業した英二は、さすがにまともな服装になったものの、かなりのんびりした浪人生活を送った。そして、浪人生活も二年目に突入していた。

その頃、父は「フリーダム」を開き、喫茶店のマスターと呼ばれて有頂天になっていた。私は市谷にある英語の専門学校に通いながら、父の店を時々手伝っていた。英二は「フリーダム」が、というよりは喫茶店の仕事が気に入った様子で入り浸り、レコード係を買って出ていた。父は英二が好きで、開店二年目にして大赤字だったのに新盤を買わせたり、いいようにさせていた。だから「フリーダム」は田舎臭い造りの普通の喫茶店なのに、ヒットチャートの新曲がばんばんかかり、そんなことに期待しないで入ってくる客たちを却《かえ》って困惑させていたようだ。時折、英二の不良仲間も立ち寄ったが、溜《た》まり場になるようなことはなかった。勿論《もちろん》、受験勉強もせずに父の喫茶店を手伝う英二に、英二の両親が苛立《いらだ》っていたのは間違いない。

突然、英二が自殺したのは昭和五十二年の元旦《がんたん》だった。彼は田無《たなし》という見知らぬ街の踏切で電車に飛び込んだ、という。

知らせを受けた私は、半信半疑だった。英二が死んだ、という実感をどうしても持てなかった。第一、理由がわからなかったし、田無という場所には縁がない。東京の地図で田無を探してみると、西の端だ。英二が本当に死んだとしても、なぜこんなところで死んだのか、納得がいかなかった。それに、英二が悩んでいたら、私に言わないはずはないのだ。だから、この目で確かめるまでは、その死を受け入れられるはずはなかった。

英二の両親は泡を食って車で向かったらしいが、私と父は地下鉄と私鉄を乗り継ぎながら、田無警察に行った。正月で人気《ひとけ》がないせいか、田無という街には、がらんとした平べったい街という印象しかない。英二の両親はまだ到着していなかった。

仕方なく、私たちが真っ先に英二と対面することになった。

英二の顔はほとんど傷がなく、まるで眠っているようだった。英二は私が大嫌いだった青いセーター姿で少し口を半開きにして横たわり、その死の理由をぼそぼそと喋りだしそうだった。私と父は茫然《ぼうぜん》として泣くこともできず、両親が来るのを待っていた。程なく、英二の両親と叔父があたふたと駆け付けて来た。鶴《つる》のように痩《や》せた母親は遺体に取り縋《すが》って号泣し、英二の父親は私に聞いた。

「美浜ちゃん、英二はどうして死んだのかなあ」

「わかりません」

私は首を振った。父親は諦《あきら》めたように、そうだよねえ、と口の中で呟《つぶや》いたきり、横を向いた。実は、ひとつだけ思い当たることがあったが、それは本当に些細《ささい》なことだった。前の日、「フリーダム」で英二と私は小さな諍《いさか》いをしたのだ。私が恵一の方がカッコイイ、と言ったからだ。英二は珍しく色を成して怒り、「二度とそういうこと言うな」と怒鳴った。ただ、それだけのことだ。そんなことで死んだのならば、私は英二を一生許せない、と思った。英二の母親が振り向いて、私に何かを突き付けた。

「美浜ちゃん、こんなものを落とさないで頂戴《ちょうだい》ね」

驚いて見ると、私の髪の毛だった。英二の遺体を見るために屈《かが》んだ時に、落ちたのだろうか。

「顔の上に一本、すっと落ちてたの。あんまりじゃない」

母親は、まるで長い傷痕《きずあと》を説明するように、人差し指で額から顎《あご》までを、すっと示した。途端、また泣きだしたので、英二の父親が慌《あわ》てて肩を抱いた。私は、自分の髪の毛が英二の顔に落ちていたのが不思議で堪らなかった。そんなに屈んだ訳ではない。でも、母親が指先で汚い物のように摘《つま》み上げたのは、確かに私の長い髪の毛だった。

帰る途中、電車を待ちながらぼんやりしていると、父が責めるように言った。

「おまえ、英一と昨日、喧嘩《けんか》してただろう」

その時初めて、私は泣けてきて、晴れ着姿の若い女や破魔矢を持った家族連れの乗った電車の中で号泣した。父は困ったように口の中で、ごめん、と言い、自分も目を拭《ぬぐ》った。父が私に謝ったのはそれが最初で最後だったが、その時の私は父を許せなかった。英二の両親と同じく、父もまた、英二を失ったことが悲しくてならなかったのだろう。どうせ、全部私のせいになるんだ、と私は拗《す》ねた。自分だって大きな衝撃を受けているのに、なぜ誰も、私の心の中を考えてくれないのだろう。

私はしばらく、英二のことばかり考えて暮らした。朝起きると思い出し、夜寝る前に英二を思った。英二はなぜ死んだのか。私は英二の何だったのか。英二の死の原因は警察で言われたような受験の重荷などではなく、恵一のことではないか、と思っていたのだ。当然、森口家でも死の原因を考え抜いていたらしく、私は英二の母から一度詰問《きつもん》の電話を受けたことがあった。

「美浜ちゃん、あの子が何を悩んでいたのか、知ってたら教えてくれない。どんな小さなことでもいいの」

私が黙っていると、母親は激昂《げきこう》した。

「あなたのことは、誰も責めてないわよ。だから意地悪しないで教えてくれませんか」

意地悪なのだろうか。私にもわからないのだから、答えようがなかった。

私は、専門学校を出て、蒲田《かまた》にある英会話学校の事務職となり、以後六年間、家族とは離れて暮らすことになった。父の「フリーダム」も、同じ頃、店を閉めた。私は一人暮らしを始めてすぐ、英会話学校に通っていた会社員と遊び半分でセックスした。会社員は二十六歳で、月水金、つまり一日置きに私の部屋にやって来て泊まった。その空いた日を、まだ大学生だった別の生徒を入れた。私はこうして、私のいなくなってしまった半身を、男たちと遊ぶことで埋めようとした。でも、どんな男とセックスしても、いつもずっとずっと英二の方がいい、と思った。そのうち、虚《むな》しさに疲れた私は、同じ学校の教師と付き合うようになった。それが柴田だ。柴田は、離婚して子供を奪われてしまった、という寂しげな顔付きの男で、私に異様に優しかった。優しくされたかった私は、柴田が私の部屋に転がり込んで来ても、拒絶しなかった。やがて、私は英二のことを毎日考えなくなった。考えなくなったが、忘れていた郵便貯金みたいに、ある日古い通帳が発見され、細かい利子が意外に貯《た》まっていたことに驚くように、私は時々思い出したし、その都度、感情が風化していないどころか利子を産んでいることを悲しんだりしていたのだった。

柴田と別れようと思ったのは、同棲《どうせい》してから三年経《た》った頃だった。英会話学校も生き残りを賭けて、外国人英語教師を雇う傾向にあったため、帰国子女でもなければ、ネイティブでもない柴田が、真っ先に首を切られることになったのだ。間の悪いことに、その頃すでに、私たちの同棲も学校では有名になっていた。職を失いかけて破れかぶれになったのか、突然、柴田が「結婚しよう」と言いだした時、私は意外にも嫌悪感《けんおかん》で身を震わせた。柴田は、自分を捨てた妻や、妻に連れて行かれた子供をいつも気に懸けている男だった。そして、私は英二の死に囚《とら》われている女だ。新しい生活の建設など信じていない二人が、ただ一緒に暮らしているだけで結婚できるのだろうか。まるで夢から醒《さ》めたように、私は柴田を捨てた。そして、また故郷に戻って来てしまったのだった。

4

その日、自宅の玄関のドアを開けるまで、私は夕飯の買い物のための電話を忘れていたことに気付かなかった。なぜ思い出したかというと、ドアを開けた途端、強烈なすき焼きの匂《にお》いがしたからだ。

「早く。あんたの分、なくなるわよ」

私が玄関先でコートを脱いでいると、姉が叫んだ。

「どうしたの。今日、何の日」

「何だっていいじゃない。お父さんの気が向いたんだから」

姉は缶ビール、父は焼酎《しょうちゅう》、母はウーロン茶を飲みながら、すき焼き鍋《なべ》のあちこちを箸《はし》で突ついている。とっくに始めていたらしく、グラスやテーブルの表面に、牛脂が跳ねていた。

「美浜、早く来いよ。百グラム千円だぞ」

「その代わり、ひとり百グラムなんだって。やあねえ、ぴったし四百しか買わないんだもの。男の料理ってこれだもんね」

母は愚痴ったが、父が元気なので上機嫌だった。確かに父の様子は朝と一変している。生き生きして、声が甲高くなり、顔が上気していた。服装は、上は朝と同じだったが、ズボンはよそゆきのウールに代わり、眼鏡はもうひとつの、度は合わないが壊れていない方に変わっていた。外出して来たと見える。私は訳のわからないまま席に着いて、取り鉢に卵を割り入れた。

「ほらほらほら」と卵を溶きほぐす前に、父が牛肉とシラタキをどさっと私の取り鉢に入れた。私は狐《きつね》につままれたような気がして、父の顔を見た。

「お父さん、どうしたの。すき焼きなんてしちゃって。朝は私が西友で買い物するとか言ってたじゃない」

「して来なかったんだろう」

「うん、忘れた」

「じゃ、良かったじゃないか」

父は昔見たホームドラマの中の父親のように、わははと笑った。姉がテーブルの向こうから目配せした。

「おかしいのよ、少し」

「あんたもビールにする?」

母が、冷蔵庫から缶ビールを持って来てくれた。私は、姉のように直接缶に口を付けた。帰りが早い母はとうに風呂《ふろ》を使ったらしく、ピンクのパジャマの上に紺色のウールガウンを着ている。そして、何かぶつぶつ言いながら、冷蔵庫から漬け物や佃煮《つくだに》やたらこなどの入った小鉢やタッパーを際限なく出し続けていた。

「ちょっと、こっち来いよ」

父が母を手招きした。母ははいはいと、冷蔵庫のドアをばたんと閉めた。それからゆっくり背筋を伸ばし、腰を曲げたまま食卓に戻って来た格好は老婆《ろうば》のようだった。母は最近、腰を痛めていた。

「ちょっと座れよ。俺が今日、機嫌がいい理由を教えてやっから」

「何よ、偉そうに」

母は、私をちらっと見て笑った。

「俺はねえ、今日、生き甲斐《がい》を見付けたぞ」

私たちはみんなはっとして父を見たが、そのうち笑いだした。

「主婦だよ、主婦。完全、主婦」姉が揶揄《やゆ》した。「カルチャースクールとか行って、生き甲斐を見付けるんだよね。そして生涯学習しちゃうんだよね」

父は暑いらしくカーディガンを脱ぎながら、真剣な顔で言った。

「これからね、俺は彫刻を勉強することにしたんだ。ここはアトリエだ」

「彫刻？　ここでえ？」姉が大きな声を出した。「無理だよ。お父さん、自治会でなんて言われると思うの。会議で審議されちゃうよ。一一二三号室の永井実宅、アトリエ化反対決議案なんちゃって」

「カッコいいじゃないの、アトリエなんて」と母。

「何言ってるんだ。粘土捏《こ》ねるくらい、誰にも文句は言わせねえよ」

父は、しかし、やはり少し元気がなくなっていた。

「粘土で作るんだっけ、彫刻って」

「いや、いろいろあるのよ。大理石彫ったり、ブロンズにしたり」

姉と私が話していると父は苛立《いらだ》った。

「今日、老人クラブに行ったんだよ。そこで習うんだから大丈夫。うちでやるとしたら粘土捏ねるくらいだ。それで出来た良い作品は、クラブで石膏《せっこう》にしたり、ブロンズにしてくれたりするそうだ」

「ブロンズって言ったら、おおごとだよねえ。うちの区役所にもあるわよ、噴水のとこに」

「いいじゃあないの」

母はほっとしたように言った。家にいる父が、鬱陶《うっとう》しくもあり、哀れでもあるらしい。

「じゃ、彫刻に乾杯しよう、とりあえず」

姉がふざけて銀色のアルミ缶を捧《ささ》げ持った。

父はもっとみんなが喜んでくれると思ったらしく、最初はにこにこして上機嫌でいたが、いつの間にか家族の許可を貰《もら》うような形になったため、次第に憮然《ぶぜん》としてきた。私たちはそんな父にお構いなしに、すき焼きを食べ、ビールを飲み、世間話をした。

「みいちゃんとこのおばあちゃん、元気？」

姉が化粧っ気のない顔を酔いで赤くしながら聞いてきた。姉は、いつもジーパンを穿《は》き、一年中トレーナー姿でいる。今日も例外ではなかった。まだ鮮やかなインディゴブルーのジーパンに灰色のトレーナーを着て、白いポロシャツの襟を出している。まるで体育教師のようだ。姉がスカートを穿くのは余程の儀式に限られており、「次に着るのはお父さんの葬式だね」というのが口癖だった。

「吉田さんのこと？」

「そうだよ。あ、もうひとりいるんだっけ、上に」

「鈴木さんか。でも、あの人はひっそり暮らしているから、あんまり姿見ない。吉田さんは元気よ。今日もタンシチューご馳走《ちそう》になった」

「タンって牛のベロだろう。あたし嫌い」

母が言い、父は黙々と、ご飯にシラスふりかけをかけて食べている。私は姉と笑った。ベロだって、と姉が舌を出して見せた。そういう時の姉は子供っぽい。

「おいしかった？」

「うん。吉田さんて、お料理上手なんだよ。ハヤシライスとか、ビーフカツとか、洋風のちょっと昔っぽいの」と私は言い、それから森口恵一のことをふと思い出した。「ああ、そうだ。今日は思いがけない人に会ったんだ」

「誰。あたし、知ってる人？」

「うん。恵一さん、森口さんちの」

　父も母も姉も一瞬、はっと息を飲むような空白の時間があった。が、私は気が付かない振りをして一気に喋《しゃべ》った。

「吉田さんのところでお昼を食べていたら、偶然、恵一さんが土地のことで尋ねて来たのよ。それで、びっくりして、お久しぶりですねえ、なんて挨拶《あいさつ》をしたの。そしたら帰りにうちの事務所に寄ってくれて、ちょっと話した」

「それで何だって」

　母は警戒するように言った。母は森口家からかかって来た電話のことや、その後の対応に反感を持ち、まだ敵愾心《てきがいしん》のようなものを隠せないでいた。

「別に、普通の世間話よ。今、ニューシティの方に、ご両親といるんだって。結婚して子供が二人いる、とか言ってたよ」

「噂《うわさ》では、あの人の奥さん、モデルなんだって。この間クラス会で誰かが言ってた」

姉はそんな話題が出たことなどひとことも言ってなかった、と私は思ったが、さらりと受け止めた。

「そうかもね。凄《すご》く洒落《しゃれ》てたもの」

「で、どんな仕事なの」

「よくわからないんだけど、うちの隣のお店ね、今、更地にしてるのよ。そしたら恵一さんのとこの会社で買ったんですって」

「へえ、何にするのかしら。それで吉田さんの土地も買うって言うんだ」

「でも断られたって。それから、ベイエリア・カフェの店舗開発も手掛けたとかも言ってた」

「地上げ屋じゃないの？」母は不信感を隠さない。

「さあ、それとも違うみたいだけど」

「今度、会ってみたいなあ」

黙って聞いていた父がぽつりと言い、私たちは皆、意外に思ったが口には出さなかった。

「もう随分経《た》つもんなあ。英二が死んでから」

「来年、十三回忌ですって」

父は飯茶碗《めしぢゃわん》を置き、すき焼き鍋の中で溶けかかっている葱《ねぎ》を箸で摘《つま》んだ。そしてまたその葱を戻し、困ったような表情をしている。私は悪いものを見たような気がして、目を逸《そ》らせた。父は迷っている。

「お参りさせて貰おうか。なあ美浜」

父は私に話しかけたが、私は黙っていた。行きたいのなら父が一人で行けばいい。英二のことは、私の中で、いや父との間でも、まだ決着がついていないように思えた。

「でも、お父さん。あちらさんだって、いらっしゃいって言わないんだし、行くことないんじゃない」

母は不機嫌そうに、箸を逆さに持って白菜の漬け物を取り小皿に置いた。姉は頰《ほお》杖《づえ》を突いてそれを見ている。

「お父さん、来年考えようよ」

私は面倒臭くなって、話を打ち切った。姉がガスの火を止め、ビールを飲み干している。母は立ち上がり、汚れた皿を片付け始めた。これが大人だけの家族のいいところだった。触れたくない部分は放置する。知らんぷりに長《た》けているのだ。なのに、父はそのルールを忘れたかのように、まだ憤然としていた。その時、玄関のチャイムが鳴った。私はいい機会だと食卓を離れた。インターホンを取ると、ごーっという外の微《かす》かな風の音と共に、少し低めの声が聞こえてきた。

「夜分申し訳ありません。上の宇野ですが」

「はい、ちょっとお待ち下さい」

玄関に行こうとすると、姉が小さな声で聞いた。

「誰が来たの」

「宇野さん。上の人」

「ああ、あの綺麗《きれい》な人でしょう。あたしも行こうっと」

ドアを開けると、宇野さんが今朝見たのと同じ格好で立っていた。帰りがけらしく近所のコンビニの袋を下げて俯《うつむ》いていたが、私たちが姉妹で現れたので、少し驚いたみたいだった。

「すみません。お忙しいところ」

「忙しくないんですよ」

姉が笑いながらくだけて言った。姉にはそういう長所がある。

「あのう、これがお宅様でしたら、本当に申し訳ありませんでした」

宇野さんは、ミッキーマウスの絵柄の付いた紙片を差し出した。可愛《かわい》い丸文字が並んでいる。私と姉は顔を突き合わせて文面を読み、ほとんど同時に溜息《ためいき》を吐《つ》いた。

《私達も楽しいことは大好きです。だけど、夜十時を過ぎたら、いくら楽しくても慎みを持って下さい。あなたがたの楽しみは同時に他人の苦しみなのです。住宅でカラオケなどもってのほか。隣人より》

文面からはなんとも言えない不快なものが漂ってくる。あなたがたの楽しみは同時に他人の苦しみ。私はなぜか、英二の自死を思い浮かべていた。

「これ、どこにあったの」と、姉が聞いた。

「今、帰って来たら郵便受けに入っていたんです」

「へえ、ちょっと陰険だねえ」

姉は大声を上げた。

「でも、うちも悪いんです。昨夜、主人が騒いじゃって」

「気が付かなかったけどね」姉は首を傾《かし》げた。「そりゃ、たまに足音がうるさいこともあるよ。だけど、お互い様でしょう」

「すみません」また、宇野さんは頭を下げた。

「お隣は行ってみました？」

「いいえ。真っ先にこちらに来て、それから、と思ったんです。それほど、親しくないんで」

「それ、行くことないと思う。知らん顔してた方がいいんじゃないの」

私の意見に、姉は首を横に振り、常識的な意見を吐いた。

「謝りに行っておいた方が、あとあといいわよ。その方が却《かえ》って気が楽になるかもしれないし。匿名《とくめい》の手紙だからね」

お役所的だ、とよく私はからかっていたが、姉のほうが無茶苦茶に見えて処世術は長けていた。反対に私はおとなしそうに見えて、嫌となったら、梃子《てこ》でも動かないところがある。

「気持ち悪いですよね」

宇野さんは、ずっと眉根《まゆね》を寄せている。私は、昔、自分のアパートの郵便受けに入っていた、ワープロの手紙を思い出した。

《毎日違う男を引っ張り込んでますね。あなたは娼婦《しょうふ》ですか。あんまり続くようなら、風紀が乱れますので、大家さんに言いますよ。それとも、私を招待してくれますか？》

私は、その手紙のせいで、柴田の同居を許したようなものだった。あなたがたの楽しみは同時に他人の苦しみ。この言葉は、世の真理でもあるような気がした。

「そうですよね。じゃ、これから行ってみますから」

宇野さんは私たちに丁寧にお辞儀して帰って行った。姉は、自分のことのように怒っていた。

「だいたいねえ、ここの人たち、失礼なんだよ。寄ると触ると、お勤めですか、どちらですか、ご結婚まあだ、早くしないと子供産むのはタイムリミットよ、お父様はおうちにいらっしゃるのねえ、なんて聞いて。放っとけ、って思わない」

「そういう人って、失礼だという発想がないからね」

「そうそう。自分が当たり前の暮らししてると思ってるのよ。うちなんか全員、はみ出し者だもんね」

姉とそういう話をしたことはなかった。姉は好んで結婚しないような態度でいるので、世間の中傷を気にしていないのかと思っていたのだ。捌《さば》けている振りをしているが、それは必死の演技かもしれない。私は姉の目に視線を当てたが、うまくはぐらかされてしまった。居間では、片付けが随分進んでいて、対面式キッチンの流しで父はすき焼き鍋《なべ》をゴシゴシと洗い、母はソファに寝転んで、老眼鏡を掛けて夕刊を読んでいた。父は苦行僧のような苦しそうな顔で洗っている。

《お母さんがキッチンにいる時も子供を見ていられるように、またお母さんの優しい笑顔を子供が見られるように、との思いをこめて設計しました》

マンションのパンフレットにはそう書いてあったが、父だけでなく母も姉もキッチンに立っている時は一様に厳しく怖い顔をしていた。対面式キッチンというのは、見なくていい人間の表情を見てしまうところがある。

「ねえ、英二の自殺の真相って、いろいろ言われたんでしょう。お父さん、どんなこと聞いたか覚えている」

　私は思い切って、父に尋ねてみた。英二の死後、無責任な噂が飛び交ったというのは知っていたが、私はこの土地を離れてしまったので、直接は知らなかった。父は顔を顰《しか》めたまま、私の方を見ずに即座に答えた。

「さあ、もう忘れたな」

ソファに寝転んだ母は、目を閉じてうたた寝の振りをしている。姉は、窓辺に立って、カーテンを引き、外を眺めていた。姉の頭越しに、銀色に光るシンデレラ城が見えた。私は姉の背に問いかけた。

「ねえ、司津ちゃん、あたしたち何て噂されたの」

姉が振り返った。眼鏡の奥の目が怒っている。

「あたしたらが言われたんじゃなくって、森口家が言われたんでしょう」姉は憤然として答えた。「みんな面白がってただけなんだよ、気にしない方がいいよ」

「もう気にしてなんかいないわよ」

今頃、何を気にするというのだ。ただ、延々と遠回りしているような気がするのはどうしてだろうか。またも、宇野さんのところに来た手紙の文句を思い出した。『あなたがたの楽しみは同時に他人の苦しみ』。逆にすれば、「他人の苦しみは同時に私たちの楽しみ」だ。私は不意に、十一年前の英二の死が、他人に与えた「楽しみ」に思い至った。父も母も姉も私も、あの時、囁《ささや》かれた無責任な噂にひどく傷付けられたはずだ。

「みいちゃん、あんただって聞いてるんでしょう」

　姉が勝ち誇ったような表情で私に言った。私は目を逸らす。実は、由佳子から少しは聞いていた。曰《いわ》く「美浜ちゃんが堕胎して結婚を迫ったからだ」「フリーダムのマスターが婿《むこ》養子にと強引に言ったからだ」「英二はいつまでもふらふらしてる自分が嫌になったからだ」「英二はしっかり者の恵一といつも比較されていたからだ」「姉妹と出来ていて、ばれそうになったからだ」。あぶくのような噂の数々。もしかすると、私の堕胎以外、全部本当だったらどうだろうか。私は今まで考えたこともない思い付きに囚《とら》われ始めた。思わず、姉の目を見た。姉は嫌な顔をした。

「何考えてんのよ。嫌だな、みいちゃんのそういう被害者っぽい感じ」

　姉は言い捨てて、部屋を出て行った。父は素知らぬ顔で、すき焼き鍋を棚に仕舞っている。被害者っぽい感じ、か。私は姉から放たれた毒に撃たれ、立ち竦《すく》んでいた。十数年ぶりの、森口恵一との邂逅《かいこう》は、何とか納まっていた私と私の家の平和を根底から打ち崩しそうだった。

5

翌朝、ビルの階段を上ろうとしたら、村田さんに会った。村田さんは毛皮のコートを着てヴィトンのバッグを提げていた。吉田さんの古ぼけたビルには勿体《もったい》ない姿だ。村田さんは普段の服装も、大概、仕立ての良いワンピースやスーツ姿で、丸の内の一流会社に勤めるＯＬみたいな雰囲気があった。実際、池沢先生のところに来る前は商社に勤めていたという噂《うわさ》もあった。昨日話題になったこめかみのところにある染《し》みは、ファウンデーションをうまく重ねて目立たなくなっている。

狭い階段を先に上って行く村田さんが、振り返って言った。

「昨日のね、あなたの知り合いのかた。あの人、吉田さんに土地売ってほしいって来たんですってよ」

「そうらしいですね」

「ご存じだった?」

村田さんは驚いたように眉《まゆ》を上げた。

「ええ。ちょっと挨拶《あいさつ》に見えて、そんな話をしてたから」

村田さんは、二階に着いて自分の部屋に行くのを躊躇《ためら》っていた。もう少し、この話をしていたいようだ。私も仕方なく足を止めて、立ち話をした。

「吉田さん、それでどうなさったのかしら」

「断られたみたいですよ」

「でも、いつまでも一人暮らしもできないでしょうしねえ。今、ここも結構値上がっているんだから売るのも手よね。うちの先生も、吉田さんのこと、とっても心配してるのよ」

はあ、と相槌《あいづち》を打つうちに、私は吉田さんが気の毒になってきた。ビルを持っているからといって、楽には暮らせない。誰もが口を挟むのは、吉田さんが八十歳に近いからだ。

村田さんと別れて事務所の鍵《かぎ》を開け、朝のルーティンワークをする。やかんをかけて雑巾《ぞうきん》を絞ったところで、時間を過ぎたのに野呂からの電話がないことに気が付いた。多分、こちらに向かっているのだろう。気分が沈む。

野呂は先月、四十六歳になった。高校生と中学生の男の子がいて、行徳《ぎょうとく》に住んでいる。私が野呂を好まないのは、お金に汚いとか、上司に阿《おもね》り、私に倖ぶる、とかいうことではなかった。勿論《もちろん》、野呂はその手の傾向が人一倍強い。が、そんなことは多かれ少なかれ誰にでもある。問題は、それを私に隠さないということだった。そんな時、私の脳裏にはいつも英二の事件が過《よぎ》る。野呂が、あの噂のひとつでも聞き込んで、私を舐《な》めているのではないか、という。これは考え過ぎというものだろうか。「被害者っぽい感じ」。昨夜の姉の言葉を思い出し、私はうろたえた。

二年前、野呂の奥さんの父親が危篤《きとく》状態になったことがあった。奥さんという人はこの辺りの古い農家の出で、父親は地域社会で結構、発言権がある人だった。その岳父のお蔭《かげ》で、野呂はここの出張所所長になれたとも言われているし、入札時に重宝がられているとも言われていた。その時、野呂は忙しがってあちこち飛び回り、やっと事務所に戻って来ると、私に大量のコピーを取りに行かせた。コピーはいつも村田さんの事務所で借りている。部屋を出て原稿を見ると、奥さんの実家の地図だ。それも、支社の設計の人に書かせたらしく、正確で綺麗《きれい》な仕上がりだった。私の疑問を村田さんが言ってくれた。

「ねえ、これ、お葬式用なんじゃない」

その晩、やはり岳父は亡《な》くなり、コピーの地図は大いに役立った。後日、奥さんがかなりの土地を相続した、と野呂は自慢したのだった。

「お早うございます」

ドアを開ける前に、野呂は必ず声をかける。私が何か不都合なことをしていると気の毒だと思うのだろう。私はいつものように素っ気なく答えた。

「あ、開いてます」

中に入り、野呂はギョロリとした目を素早く一回転させて、室内を見回した。背は私ほどだが、がっちりしていて色が黒く、いつも村田さんの眉を顰《ひそ》めさせる細い縞《しま》の入った茶色のスーツを着ている。私は伏目になって、机の引き出しから昨日のNTTの封書や領収書を取り出した。そして、野呂の茶を淹《い》れに立った。野呂の大きな咳《せき》ばらいが聞こえ、びくっとする。狭い部屋に野呂がいるだけで、身の置き所がないような気がした。

「きのう坂本恒産が来たんだって?」

茶を飲みながら、野呂は上機嫌で言った。

「知りませんが」

私は思わず振り返った。野呂が何を言っているのかわからなかった。

「ほら、あなたのお友達だとかいう」

「ああ。あの人はベイエリア何とかって言ってましたよ」

「それは最近の名前。コーポレート・アイデンティティーやったんだよ。それであんな横文字にしちまったって訳」

野呂は気取って言い、私は可笑《おか》しさを堪《こら》えた。

「じゃ、前は坂本恒産っていうところだったんですか」

「そう。あそこの社長、知ってるんだよ。坂本さんて言って、ここの出身よ。昔はただの不動産屋だったけど、今じゃ大変なもんで、ここの駅前再開発計画の大中心だ」

「そう言われてみれば、聞いたことあります」

野呂はキャビンに火を点《つ》け、私の顔を見て自信ありげに言った。

「また来るよ、そいつ。きっと毎日、菓子折り持って来るよ」

「でも、所長、よくご存じでしたね。昨日の今日ですよ」

「吉田さんが早速、相談の電話くれたんだよ」

野呂は嬉《うれ》しそうだった。頼れば、ある程度までは調子よく動くのを吉田さんは見抜いているのだろう。私は、吉田さんの処世術に感心した。

「吉田さんは何て仰《おっしゃ》ってましたか」

「売らんてさ。だって、ここで死ぬって言ってるんだよ」

「そうですか」

私は力なく頷《うなず》いた。それは現実問題として無理に思える。

「だからね、絶対、判を突くなって言ったんだ。あなたもさ、そいつとどういう関係か知らんけど、ちょっと無理だとか言ってやんなさいよ。しつこいと困るから」

はい、と答えたが、森口恵一に余計なことを言うのは嫌だ、と心の中で思った。また、恵一が始終顔を出すのは気が重かった。お茶を飲むと、野呂は立ち上がって伸びをした。

「ちょっと吉田さんとこに寄って、支社に帰るよ。それから、これはいいよ、要らない。困ることもあるでしょうし」

野呂は恩着せがましく、NTTの例の封書を私の机に投げて寄越した。この台詞《せりふ》を言うために、明細を取ったのかと邪推してしまいそうだ。

私は躊躇《ちゅうちょ》した後、質問した。

「万が一、吉田さんがこの土地を手放すことにでもなったら、うちはどうなるんですか」

「他の所に移るか。あるいはいっそのこと、千葉支社と一緒になってしまうかもしれないねえ」

実は、その合併こそが、私が密《ひそ》かに恐れていることだった。最近の仕事は、この出張所の規模では、中途半端《はんぱ》だったからだ。もっと大きくして行徳に支社を作り、この駅前再開発の事業に参入する、という計画があるらしい。そうなると、ただの電話番である私は必要なくなる。

「ま、それはその時。その前に阻止しようじゃない」

野呂はそう言って、ポケットの小銭をじゃらじゃらいわせながら、出て行った。これから私の身辺も少しずつ変わっていくのかもしれない。そんなことを匂《にお》わせているような昨日からの出来事だった。

恵一に出会い、英二を思い出し、吉田さんは土地の譲渡を頼まれ、宇野さんはミッキーマウスの手紙を貰《もら》い、父は彫刻に燃えている。父と言えば、たった一日で父は変わった。私は今朝の出来事を振り返った。

朝、目が覚めたのはいつものように目覚まし時計の鳴る数分前ではなかった。数十分前だった。ガーガーと聞き覚えのある音がする。驚いて飛び起き、着替えずに居間に行くと、お馴染《なじ》みの格好をした父が、すでに掃除をしている。電気掃除機の音だったのだ。

窓が開け放してあって、外から真冬の寒気が入ってくる。寒かったが、まだ少し残っているすき焼きの匂いが抜けていくので、気持ちが良かった。私は天気を確認するように、外を見た。ヘリポートに急ぐヘリコプターの音が遠くに聞こえ、何事もない。父は私を見ても無言だった。キッチンでは、姉がぶつぶつ言いながら、冷凍クリーミーコロッケを揚げていた。昨夜のことは、もう誰も言わないだろう、と確信した。私は姉の横に立って父を指し、聞いた。

「どうしちゃったの」

「あれだよ、あれ」姉は面倒臭そうに答えた。「ゆうべ、言ってたじゃない。今日から彫刻するんだって。十時から彫刻教室だから、早めに老人クラブに行くんだって」

「お弁当持って？」

姉はうんと首を縦に振り、箸《はし》の先で不器用に摘《つま》んだ、揚げ立てのクリーミーコロッケをべちゃっと潰《つぶ》した。

「お父さんのに、これ入れちゃえ。あんた、どうする、お弁当持ってく？　持ってくんなら、詰めてよ。あたし時間ないから」

急ぐ姉から、揚げ箸を受け取り、私はししとうや椎茸《しいたけ》を素揚げしてやった。母は例によって二時間前に家を出ている。

天気は良く、空気は乾き、気温は低い。まったく同じような冬の日を何年も過ごしてきたはずなのに、空に浮かぶ部屋で感じる冬はほんの少し寒いだけで、実体が摑《つか》めない。単に風景として目に入ってくるだけだ。私はそんなことを考え、機械的に揚げ物を終えて、三人分の弁当を作った。その間、出勤の支度をして黒いジャンパーを着てきた姉が、自分の分の弁当を包みながら、ぽつんと言った。

「宇野さん、どうしたかしら。あたしの思うに、あれは、子持ちファミリーの発想だよ」

「ミッキーマウスのメモ用紙だからって単純じゃないの」

私が言うと、姉はせせら笑った。

「馬鹿《ばか》だねえ、あんたは。子供のいない家って、うちと宇野さんちぐらいなんだよ。このでかいマンションで」

「でも、あたしたちだって子供だよ」

「そう言えばそうだ」

姉は笑って出て行った。

宇野さんのところは、確かにまだ子供はいない。が、できる可能性は万人が認めており、言わば子持ち予備軍として容認されている。つまりこの共同体に迎えられることが約束されているのだ。一方、我が家には絶対にそれはあり得ない。なぜなら私たちは家族の終焉《しゅうえん》の姿だからだ。我が家のことは、ファミリーとは言わない。小さな子供のいる家は、たとえ重病人がいたとしてもどこか明るい。だが、成熟した大人が四人で暮らしている我が家には、夢や計画など未来に通じるイメージはないし、皆が健康でも、消滅に向かうしかない。これは発展途上家族、つまりファミリーからしてみれば、絶対に見たくない景色なのではないか。私はまたしても、異端者になっていくような不快な気持ちになった。潮の流れを計算しつつ泳いでいるのにちっとも近付けず、むしろ陸地から遠ざかっていることに気付いて焦《あせ》っているような感じなのだ。本当は父も母も姉もこんなはずじゃなかった、と心の中で思っているに違いない。母も、結婚結婚、と私たちに言わなくなったのは、諦《あきら》めたからじゃなく、言えば言うほど、外れていることに目がいくのが怖いからではないか。私は、部屋の中のものを見ないように、ぎゅっと目を瞑《つぶ》った。

姉や父とお揃《そろ》いの弁当を食べたあと、私は外出するつもりだった。二、三の銀行振り込みと、穴開きビニール袋を買いに行く用事がある。留守番役ならば、こういうことは昼休みの時間内に済ませねばならない、と私は律儀《りちぎ》に思い込んでいる。机の引き出しから手鏡を出して口紅を付け直し、オリーブグリーン色のウールコートを羽織った。肩までの髪はいつも後ろで結んでいて寒いので、黒いマフラーをした。私は大体、軽装でふらっと出掛けることができなかった。不安なのだ。私が冬が好きなのは、もしかするとコートという鎧《よろい》を身に着けられるせいかもしれない。

すべての用事を済ませると既に一時は過ぎてしまっていた。でも、コーヒーが飲みたくてモスバーガーに入った。テイクアウトするつもりだったが、混んでいて長蛇の列ができている。私は列の最後に並び、何とはなしに店内を見回した。すると、窓際《まどぎわ》の二人掛けの席に、初老の男と向かい合って座っている森口恵一を発見した。

恵一は昨日とほぼ同じ服装をし、クラッチバッグを膝《ひざ》の上に置き、ハンバーガーを食べていた。連れは五十代初めぐらいで身なりがいい。馬車の模様のネクタイをし、同じ模様のバックルをしていた。男はもう食べ終わり、タバコをふかして、ジロジロと店内の女の子を見ていた。恵一は説明でもしているらしく、話しながら食べている。言葉の合間に食べ、嚙《か》む間に相槌《あいづち》を打つ、という具合だった。私は、恵一が明らかに自分を軽く見ているであろう相手に、何かを伝えようとしているところをこっそり観察しているような気がして胸が痛んだ。

あの恵一さんが、ずっとずっと年上に見えて近寄りがたかった英二のお兄さんが、こんなハンバーガーチェーン店で両膝をきちんと揃えて、横柄《おうへい》な男に何かを説明している。私は英二が恵一にコンプレックスを持っていたのを知っていた。その頃、恵一は遠い存在だったのに、今の恵一はちゃちに見えた。私は、私たちが、つまり恵一と英二と私と姉が、幼かった日々を懐《なつ》かしんだ。あの頃は海の上に住むなんて考えてもいなかったし、英二が二十歳で死ぬなんて思いもしなかったのだ。思いがけず涙が出てきたので、私は列を離れた。この感情は昨夜の暗い思いと無縁ではない。

6

土曜の午後、私はマンションのエントランスホールで宇野さんにばったり会った。宇野さんはピンクのハーフコートを軽く羽織り、白のセーターを着てはっきりした赤い口紅を付けていた。無彩色に慣れた冬の日に、その明るい色合いは救いのように映った。

「この間はすみませんでした」

宇野さんはにこやかに近寄って来た。土曜休みの人が多いらしく、ひっきりなしに家族連れがエレベーターで降りて来る。男たちは例外なく、美しい宇野さんに視線を送って通り過ぎて行く。中には驚いたように振り返って見る高校生もいた。

私は身の置き所がないような気がして、落ち着きをなくしていた。小柄な宇野さんと話す時は自然と身を屈《かが》めて喋《しゃべ》るので、いつもどこかに体をぶつけて、すみませんを連発する、ぶきっちょな巨人にでもなったような気がするからだ。それに宇野さんの美しく華奢《きゃしゃ》な手足を見ると、思わず自分のを隠したくなる。宇野さんは、だからある意味では人をたじろがせる暴力的パワーをも持っているということになる。

「あの手紙、どうしました」

私は数日前の不愉快な出来事について聞いた。宇野さんはいかにも、そうそう話したかったのよ、という具合に頷《うなず》いた。私たちは自然にゴミ箱の置いてある隅に移った。

「あれから、両隣に一応、謝りに伺ったんですけど、左の大前さんは奥さんが出てらして、昨夜のことはまったく知りませんて。大前さんてお宅は、お嬢ちゃまがピアノなさるのよね。だからお会いするごとに、お互い様だって仰《おっしゃ》ってるかたなのね。ちょっと違うんじゃないか、と思ったんですよ」

宇野さんは、「サ行」の発音が外人みたいで、平べったくない。口の中で舌が立体的に動いているんじゃないか、と思わせるような話しかたをする。英語を喋り過ぎた、という印象だった。

「でね、右のお宅は島田さんてかたなんですよ。こちらは、ほんの少し聞こえましたけどうちはこんな手紙なんか書きませんって仰って、私と一緒に憤慨してらしたの。島田さんは、生協の委員だし、そういうことをなさるような感じでもないのよねえ」

「はあ、そうですか」私は馬鹿《ばか》みたいに相槌《あいづち》を打った。

「だから、わからないんですよ。宇野に見せたら、こんなとこ出て行きたいなんて言うし。でも出て行けないんです」

「あら、どうしてですか」

「社宅なんですよね。希望して入ったから」

「社宅のかたも多いみたいですね」

宇野さんは首肯してコートの襟を掻《か》き合わせた。開け放したガラスドアから、砂まじりの冷たい風が吹き込んでくる。

「ああ、ここ寒いわねえ。ねえ、良かったら遊びにいらっしゃいません。どうせ、お暇なんでしょう」

「どうせ」という言葉には若干引っかかりを感じたが、宇野さんの家を覗《のぞ》いてみたい気もした。

「ご主人様、いらっしゃるんじゃないですか」

宇野さんはうんざりしたように手を振って、眉《まゆ》を顰《ひそ》めた。

「出張なのよ。もうしょっちゅうなの」

私たちは、一緒にエレベーターに乗った。十二階のボタンを押し、宇野さんは聞いた。

「この土地、お好き？」

「好きも何も、うちは先祖代々ここに住んでいたんです」

「じゃ、お父様は漁業関係のお仕事でも？」

「そう、廃業したんです」

「お相撲さんみたい」

宇野さんは綺麗《きれい》な白い歯を見せて笑った。こうして私は宇野さんに連れられて、自宅のある十一階を通過した。

「変な感じですね」

私は自分の家の真上にある同じようなドアの前に立って言った。が、住んでいる人間が違うように、ドアの表情も違っている。ペンション風の木製の表札には、

「宇野和俊《かずとし》　美也子《みやこ》」と横書きの丸い文字が焼き付けられていた。宇野さんはグッチのキーホルダーを出して鍵《かぎ》を開けた。

「さあ、どうぞ。散らかしてますけど」

「お邪魔します」

一歩入ると、匂《にお》いが違うことに気付く。我が家はどこからか、焼き魚と鰹《かつお》だしの匂いがするのだが、宇野さんの家は玄関に置かれた芳香剤の匂いがする。備え付けの靴入れの上には籠《かご》に入った造花のバラが飾られていた。廊下から居間まで、毛足の長い白のシャギーカーペットが敷き詰められていて、フリルの着いた分厚いウールスリッパだと引っ掛かって転びそうになる。私は緊張して歩いた。

居間のインテリアは、挫折《ざせつ》する前に私と姉が計画した通りのものだった。ベージュの革のソファがあり、レースのクロスを掛けた低いテーブルが置いてある。ベランダの前にはセントポーリアの鉢の小さな棚があり、可憐《かれん》な花がレースのカーテン越しに冬の陽を浴びていた。余計なものは一切なく、壁際にはレースやフリルとはちょっと合わない黒いオーディオセットが置いてあった。甘く美しい物と、堅く強い物。いかにも、女と男が生きている場所、という感じだった。

私は西側の窓からディズニーランドのほうを見、それから遠くにキラキラ光る海を見た。私の部屋から見るのと、微妙に角度と高さが違う。その違いを私は楽しんだ。

「よく見える?」

宇野さんが、黒い漆盆にビール瓶とグラス、カマンベールチーズを載せて、キッチンから現れた。

「ええ。やっぱり一階分高い」

「住み慣れると下の階に下がっていくのは嫌だわ」

「私もそう。上の方が好き。でも、母や姉はどんなに小さくても庭が欲しいって言ってるんです」

「じゃ、どうして十一階にしたの。分譲の時にいろいろ選べたでしょうに」

「父が上に行きたいって言ったから」

「お年寄りにしては珍しいわねえ」

「あの人は割りと新しもの好きなんです。何かが変わっていくことが好きなの。自分は変わらなくてね」

私はそう言って、はっとした。なんと自分と似ていることだろう。父が彫刻に夢中になるのも、変われない自分を変えるチャンスとでも思っているのだろうか。

「どうぞ。温《ぬる》くなるから」

宇野さんが勧めてくれたので、ビールグラスを手に取った。温いどころか、きんきんに冷えていた。宇野さんが自分のグラスを私のグラスに当てて言った。

「ミッキーマウスに乾杯」

私は食道まで凍りそうな冷たいビールをひと息で飲んだ。宇野さんはほんのひと口、口を付けただけだ。だが、打ち解けたムードになった。私はソファにゆったりと身を沈めた。

「永井さん、お名前、なんて仰るの」

「美浜っていうんです」私は驚き顔の宇野さんが質問する前に自分で言った。「おかしいでしょう。埋立地の住所と同じなんだもの。でも勿論《もちろん》、私のほうが先なのよ。父はだいたい、海に関係した名前をつけてやろうと思っていたらしいの。だから姉は司津子って名前だし、私の時は頭を絞って美浜にしたって言ってた」

「ねえ、失礼なこと伺うけど、美浜さん、お幾つ」

「私は三十一です」

「そう、じゃ三十一年生まれなの」

「そうですよ。姉は二十六年」私は余計なことまで言ってしまった。

「じゃ、私の方が年上なんだ」

宇野さんが笑ったので、私は驚いて彼女の白い横顔を見た。

「嘘《うそ》でしょう。信じられないわ」

「本当よ。だって二十八年生まれだもの。東京オリンピックの時、小学校五年だったわ」

宇野さんは私の反応が楽しいらしく、喜んでいる。そう聞かされた人々は例外なく驚いただろう。宇野さんは、私の驚く顔が見たくてそんな話を出したのかもしれなかった。でも、それを聞いても信じられないくらい、若く初々《ういうい》しい。せいぜい二十五歳くらいにしか見えないのだ。だが、そう言われてみれば、物腰や言葉遣いなどに年相応のしたたかさや自信は表れていて、若くて美しい外見とはどこかちぐはぐで、摑《つか》みどころがないアンバランスさを生んでいた。それが宇野さんの魅力となっている。

「どこで働いてらっしゃるの、この辺り？」

「建設会社の出張所、留守番の仕事してるんです」

「あらいいわねえ。そういう仕事って競争率高いでしょう。主婦なら皆、やりたいと思うわ。あたしもそういうのがいいな」

私の脳裏に野呂や吉田さんの顔が浮かんだが、そんな愚痴をこぼしても仕方あるまい、と口を噤《つぐ》む。宇野さんは、ビールのお代わりを持って来て、さらに流しで何かを切っている。

「お漬け物でも食べる？　何もなくて」

宇野さんは恥ずかしそうに私に笑いかけた。その姿は、まるでマンションのパンフレットに出てくる幸福そうな若妻そのものだ。対面式キッチンに立つのはこういう人なんだ、こういう人のために作られたものなんだ、と私は納得した。

「ご主人はどんなお仕事なさってるんですか」

今度は私が聞いてみる番だった。

「システムエンジニア。出張ばっかよ」

私はシステムエンジニアなる職業がどんなものかは知らなかったが、宇野さんもそれ以上話したくなさそうなので、適当に相槌を打ち、最後にひとつ残ったカマンベールを食べた。

「それじゃ、お子さんもいないし、時間があっていいですね」

私は本音で言ったのだが、言葉が出た瞬間、子供のことに触れたのはまずかったと後悔した。しかし、宇野さんはまったく気にしてない様子だ。

「仕事を始める前は、欲しかったのよ、子供が。ここに来る前は代々木のアパートに住んでいてね、公園に行くと若いママがみんな子供連れてるでしょう。肩身が狭くて早く出来ないかしらと思っていたわ。でも、今は全然思わない」

「お仕事してらっしゃるんですか。どんな」

「何だと思う」

「さあ、見当がつかない。この近所じゃ、あまりないものね。東京まで出るんですか」

「出る、なんて大袈裟《おおげさ》だわ。ここ東京みたいなもんじゃない」

昔から住んでいる私たちは、東京は川向こう、という意識がある。でも、宇野さんのように都内から来た人には少し郊外、という程度なのだろう。

「すぐ近くにあるじゃない。大きな仕事場が」

「あら、どこかしら」

私の鈍さに呆《あき》れたように、宇野さんはビールを飲むと大きな溜《た》め息《いき》をついて言った。

「ディズニーランドでしょう、TDL」

「あまりにも身近でぴんとこなかったわ。あそこで何をしてるの。あたしの友達も結構、やってたみたいだけど」

「これ見てよ」

宇野さんは立ち上がり、腕を組んで頭を左右に振りながら、廊下のあたりまでツーステップでジグザグに行進した。それでもぼんやりしていると、私の前にやって来て、いらっしゃいませ、というような身振りをした。はっと記憶が蘇《よみがえ》った。

「わかった！　縫いぐるみ」

「キャラクターって言うんだけどね」

宇野さんはソファにどかっと座り、ビールを飲んで私に笑いかけた。急に宇野さんのダイヤのような冷たい美《び》貌《ぼう》が、温かいものに溶けだしていくようだった。

「さっきのはね、三時のとエレクトリカル・パレードの七人の小人よ。この街に越して来たのが、去年の六月なのよね。子持ちでないとこの社宅に入れないって聞いていたけど、もうじき出来るからって言って、すごく工作して無理矢理入ったの。だって、ここは広いし、海も近いじゃない？　そりゃ埋立地だけど、やっぱり代々木のアパートに比べればずっとずっといいわよ。それで引っ越しては来たけど、相変わらず子供なんかできないし、気分が沈んでたの。大体、ダンナが月のうち、二十日以上いないのよ。そんなに簡単に子供なんてできる訳がないのよ。だから、あの頃の私って、いつも黒い服とか着てたの。文句を付けようにもダンナはいつもいないし、どうやって生きていこうかと迷ったのよ、すごく。七月の暑い日の夕方、自転車でマリーナのあたりまで行ったのね。そしたら、あのTDLから若い男の子や女の子がぞろぞろ出てきたの。ああ、従業員だなと思って見てたんだけど、すごく楽しそうだった。急に仲間に入りたくなって、事務所に行ってみたの。そこでいろんな職種を聞いて、迷ったんだけどはっと思い付いたの。あたし背が低いでしょ。気にしてるんだけど、可愛《かわい》いと言われることも多いのよね。だから、キャラクターになりたいって申し出たら、オーディション受かっちゃった」

「今まで、そういうことしたことないんでしょう」

「あったりまえじゃない」

宇野さんは少し蓮《はす》っぱに言い、乾いた唇をちょっと嘗《な》めた。「サ行」の発音が普通の音に戻っている。そして取り澄ました横顔も利《き》かない少女のように変わっていた。

「で、それからトレーニング受けて、やってるってわけよ」

「どんなキャラクターになるの」

私は急に好奇心が湧《わ》いてきて、いろんなことが聞きたくなった。

「いろいろよ。チップとデールとかさ。ミニーとか、その時々やスペシャル・イベントによって違うの」

「毎日、行くの」

「大体ね。そう言えばこの間、面白いことがあったの。クマのプーさんになっていた時、知ってる人が子供連れてきたのよ。結婚前に付き合っていた人なんだけど。子供が五歳くらいなのよねえ。もう恥ずかしいくらいに、まるでお父さんしてるの。で、その子が駆け寄って来たから、握手してやってその人が写すカメラの前でポーズしたのね。可笑《おか》しかったわ。だって考えてもみて。私の姿がその家のアルバムに残るのよ。それでね、私はプーさんの中で一生懸命、その男に笑いかけたの。そしたら、何となくわかるのね。不思議そうに中を覗《のぞ》き込むのよ」

「縫いぐるみの中に入るのって面白い？」

「そうね」宇野さんは言葉を選んでいる。「面白いわね、ひとことで言うと。そりゃ、夏場は暑いし、臨機応変に子供と対応するっていう難しさはあるわ。でも、すごい解放感があるの。自分じゃなくなるのよね。ほら、外国旅行して慣れない英語なんか使っていると、不自由なんだけど何かから解き放たれる感じがあるでしょう。英語だと率直に言える、とか」

「へえ、あなたにも何かから解放されたいことがあるの」

私は何気なく言ったのだが、宇野さんはグラスの縁を指でなぞりながら、今度は生活に疲れた奥さんのような顔で答えた。

「そりゃ、あるわよ。こう見えてもね」

「誰にも言わないでよ。お姉さんにも言わないでよ」

と宇野さんは真剣な表情で、私の膝《ひざ》をとんとたたいた。私は聞きたい気持ちと、何にも煩《わずら》わされたくない気持ちが相半ばして、少し腰を引いた。宇野さんは、にこにこ笑いながら、サイドボードからスコッチを持ってきた。

「これにしない？　もうおなかがガボガボになっちゃった」

そして手際《てぎわ》よく、水割りをふたつ作って、ひとつを私の前に置いた。外は薄暗くなっていて、風がかなり強まっていた。十二階のガラス窓に当たる風は一時も鳴り止《や》まない。

「あたし、この音に耐えられないのよ。夜中に起きると寂しくて辛《つら》くて、それから次第に怖くなるの。ここがマンションの一室だなんて信じられなくなって、どこか森の中の木のうろに住んでるリスのような気がするの。外敵に狙《ねら》われていて、脅《おび》えている。そんな感じなのよ。だから、飲んで寝るの」

宇野さんはマドラーを持ったまま、本当に嫌そうに顔を顰《しか》めた。

私は、風が吹くとプレハブ校舎が揺れたことを思い出した。私と英二が付き合い始める前のことだ。マフラーで向かい風を避けながら、通学路を歩いていると、英二が友人たちと自転車で追い抜いて行くのだった。英二たちが近付いて来るのは気配で分かったが、私は振り向きもしないし、彼らも私に見向きもしない。そして風よりも強いものを感じさせて、彼らは行ってしまうのだった。

「あなた、どうして結婚しないの。夜中に目が覚めたりしたら、やっぱり誰かいた方がいいと思わない」

　唐突に宇野さんが聞くので、私は驚いた。風の連想から、互いに全然別のことを考えていたらしい。現実に引き戻されて、私は考えた。

「多分、こんなことならしなくていい、と思ったからだわ」

「じゃあ、誰かと暮らしてたことがあるのね」

　宇野さんは私のグラスに穴の空いた大きな氷をひとつ足した。

「三年間、同棲《どうせい》してました。二十四から二十七まで。相手は、英会話学校の教師で北海道から出て来てたの。離婚直後だった。私はそこで事務の仕事してて知り合ったんです。このことは、誰も知らないから内緒にしてください」

　勿論、英会話学校時代の放埒《ほうらつ》な生活については触れなかった。宇野さんは、私の目を覗き込んだ。

「なぜ、その人と結婚しなかったの」

私は酔ったせいもあったが、質問のタイミングの良さに釣られて、答えたくなった。

「嫌いになったの。それもある日突然。もともとそんなに好きじゃなかったのに、一緒に暮らしていた。優しい人だったけど、何か面倒になった。私って、そういう冷たいところがあるみたいよ」

「えっ、ほんと！　あたしもそうなのよ」

宇野さんが嬉《うれ》しそうに叫んだが、あまりにも明るく無邪気なので、私は怪訝《けげん》に思った。

「宇野さんの場合は、一時的なものじゃないの」

「違うわよ。最近は険悪なのよ。今は子供がいなくて良かったと思っている。私、もうディズニーランドがあれば、それで生きていけるの。キャラクターになって生きていくのよ。あそこは素晴らしいわ」

夫ではなく、遊園地に心を奪われた女。私は奇妙な気持ちになって、黙っていた。宇野さんが私の手に触れた。宇野さんの右手はひんやりして、少しかさついている。

「なるほどね。それで永井美浜は結婚しなかったのね、その男と」

宇野さんは愉快そうに言い、白い磁器の皿にポテトチップスの袋を破って中身を空け、そしてコンビニの袋からポッキーの箱を出し、その横に入れた。

「ごめんね。あたしひとりでいるとお菓子ばっかなの。ポッキーは夕食よ」

羨《うらや》ましかった。両親や姉とする食事が苦痛に感じられることがある。一堂に会するのも億劫《おっくう》なのだが、食事らしい食事をすることが重荷のこともある。しかし、家族というのは食事が付いて回るものなのだ。ほとんど一人で過ごす宇野さんは、その意味では私よりはずっと自由だった。

私があの柴田と一緒に暮らそうと思ったのは、あのワープロの手紙の他にも理由があった。柴田が食事に拘《こだわ》らない男だったからだ。出来合いの弁当だろうが、冷えたハンバーガーだろうが、腐りかけたものですら、平気だった。味覚が鈍感なのか、食事に意味を見い出すことをしたくないのか、柴田にとっては、空腹だから何かを腹に入れる程度のことでしかなかったのだ。他人から見れば貶《けな》されそうな欠点。私は柴田の欠点が気に入っていた。

だが、一緒に暮らすうちに彼は段々変貌した。いや、逆だ。食事に投げ遣《や》りだった私が、変貌したのかもしれない。食事は、いつの間にか習慣と化した。海苔《のり》の佃《つくだ》煮《に》を買う。梅干しを買う。それぞれの箸《はし》が決まる。塗り椀《わん》を揃《そろ》える。醤油《しょうゆ》差しを買う。これでは家族だ。柴田なんかと家族ごっこをしたくなかった。おまけに失職しかかった柴田は、急に結婚したがった。だから、私はさっさと実家に逃げ帰ってしまったのだ。英二の死が重荷で生まれた街を出て、結局、英二の穴を埋めることができずに、また戻って来た、という訳だ。

私がそんなことを考えていると、宇野さんは真面目《まじめ》な顔で私を見つめた。宇野さんのグラスの中の氷が、音を立てて崩れた。

「あたし、正直に言うとね、昔からあんまり性欲ってなかったのよね。今のダンナを好きになったのも大きいからなの。ほら父親みたいじゃない。ファザコンかもしれないわ。父親は早くに死んだけど、それが何となく切なくて、時々夢見てた。あたしは小さい女の子で、父親に抱かれてるの。で、父親の腕の中でおしっこしたり、うんちする夢。それでね、あたしはパパごめんねって言うの」

宇野さんの小さな後ろ姿を見て、宇野夫妻のちぐはぐさを感じたことがあったが、話を聞いてみると、やはりそれには理由があるのだ、と思った。

「だから今はね、生き甲斐《がい》を感じて、すごく幸せなのよ」

酔った宇野さんは、スコッチをまた注ぎながら続けた。「生き甲斐」という言葉を聞き、私は父を思い出した。父もまた、迷っている。私も父も、英二が田無で死んだ時、訳のわからない嵐《あらし》に遭って、そのまま漂流している感じなのだろう。

「いいわねえ、生き甲斐があるなんて」

私はそう呟《つぶや》いた後、なんだか昔、一度死んだことがあるような気がしてきた。

「ねえ、ディズニーランドのコンセプト知ってる？」

突然、宇野さんが顔を上げ、にっこりと笑いながら言った。私が首を横に振ると、彼女はポッキーを二本、手に取って見事な発音で言った。

「エクスペリエンス！」

「体験？」

「うん。素晴らしい体験をすることなのよ。夢や冒険や未来を」

宇野さんは、でも、もう笑わなかった。素晴らしくない体験をした時はどうしたらよいのだろう。

「ねえ、あなたのお姉さんて、どんな人」

宇野さんが突然聞いてきたので、私は返答に困った。

「どんな人って、あんな人。合理的で体育教師みたいなタイプ」

「恋人いないの」

宇野さんは、水割りに口を付けた。

「いない」即座に私は断言した。「昔から、男の人との浮いた噂《うわさ》は聞いたことがないわ。高校出てから、ずっと区役所勤めで真面目一方だと思う」

「嘘《うそ》よ」

宇野さんは酔った口調だったが、はっきり言った。私は驚いて、宇野さんを見た。

宇野さんは、美しい口許《くちもと》に皮肉な笑みを浮かべた。

「あたし、実は先週の日曜に見かけたの。男の人とディズニーランドに来てたわ。スカートなんか穿《は》いちゃって、ちょっと驚いた」

確かに、姉は先週の日曜、一日外出していた。職場の人間と遊びに行く、と言っていたはずだ。姉にだってそういうこともあるだろう、と私は別段奇異に思わなかったが、宇野さんの言い方に険があるようにも感じられて、思わず気がかりな顔をしてしまった。宇野さんが、私の反応を見て謝った。

「ごめん、余計なこと言って。ただ、あたしね、ちょっとこないだの手紙のこと、気になってるのね」

「姉が書いたということですか」

私は、きつい言い方で問い返した。

「そうは言ってない」慌《あわ》てて、宇野さんは否定した。「そうは言ってないのよ、ごめんなさい。でもね、近所中、謝りに行って感じたのは、皆、そんな度胸のない人たちばかりだってことなのよ。本当の小市民よ、ここに住んでいる人は。あんな手紙を書いたら、たちまち復讐《ふくしゅう》されるだろう、ということを怖《おそ》れて、したくてもできない人ばかりじゃないかと思ったのよ。で、残るのはお宅だけ。しかも、真下だし」

それだけで姉が犯人だなんて、理由が薄弱過ぎるではないか。私の胸中は、宇野さんに対する反感でいっぱいになった。姉は合理的で頑固で、時折腹立たしいこともあるが、卑怯《ひきょう》な人間ではない。しかし、「あなたがたの楽しみは同時に他人の苦しみ」という手紙の一節は、切り口上の姉が言いそうな言葉ではあった。それに、私は六年間も姉と離れて暮らしていた。その間、姉に何が起きたか、全く知らないのだ。姉が私の六年間を知らないように。

私は暗い思いで、マンションの壁に当たる風の鋭い音を聞いていた。海から吹き付ける強い風。私の暗い思いの中身、そのほとんどは、ミッキーマウスの手紙などではなく、英二の死に関してのあの噂だった。「姉妹と出来ていた」

7

雪が積もった。朝になっても降りやまず、湿った雪が横なぐりに海の方向から降ってくる。私は自転車通勤を諦《あきら》め、傘を差してバス停に立っていた。アスファルトの道は両脇《りょうわき》に薄汚れた雪の山が出来ているだけで、真ん中は黒く濡《ぬ》れている。だが、ひっきりなしに大きな雪片が落ちてくるので、もうじき白く変わりそうだった。

道路の向こう側で信号待ちをしている赤いカローラの運転席から、誰かが手を振っている。私が傘を除《の》けて眺めると、向こうも窓ガラスを下ろした。宇野さんだった。にこにこ笑って細い白い手を振っている。やがて信号が変わり、カローラはのろのろと注意深く出て行った。あの晩以来、数週間、宇野さんには会ってなかった。こんな雪の日でも、キャラクターになるのだろうか。雪の遊園地は寂しげだなあと思い、急に行ってみたくなった。だが、冒険を決心する前にバスが来た。

何も変わったこともなく、午前中の業務を終えようとしていた。私はぼんやりと窓の外を眺めた。歩道橋も雪に覆《おお》われ、奥ゆきのわからない灰色の空が僅《わず》かに歩道橋の手摺《てす》りの間から見えた。

英二と埠頭《ふとう》で雪の降るのを見ていたことを思い出した。英二は突っ張っていたから、雪の中でもコートは着ずに、あの変わった学生服にマフラーを巻き付けていただけだった。砂浜のない海岸では、雪はいきなり海に落ちるような感覚があった。どんな大きな雪片でも海の面に吸い込まれるように瞬時に消えていく。それが面白くていつまでも立って見ていたのだ。「おもしれえなあ」と、英二は寒さで歯を鳴らしながら、子供のような声を上げた。

「こんにちは」

私は英二の声に驚いて、思わず立ち上がっていた。

「すみません。失礼します」

ドアを開けて恵一が立っていた。外に音が聞こえるのではないか、と思ったほど動悸《どうき》がした。一気に汗が噴き出て、私は、自身のショックの大きさにまた衝撃を受けていた。

「どうかしたの」

私が胸を押さえて立っていたので、驚いたように恵一が問うた。彼は黒い大きなコートを着ていた。肩に溶けかかった雪が載っている。

「何でもないんです。ただ英二さんに声が似ていたからびっくりして」

エイジサンという音は耳慣れない。また死者を「さん付け」で呼ぶのも奇妙だった。私は困って立ち尽くした。

「時々、おふくろが同じことを言ってたけど」

恵一は思い出すように言った。もう森口の家では、過去の出来事なのだろうか。

私は照れて笑った。それから恵一の横に行き、濡れた傘を逆さまに立ててやり、恵一が脱いだコートをハンガーに掛けた。

「あ、すみません。今、大丈夫かなあ」

厚手のウールのスーツを着た恵一が気遣うように尋ねた。

「ええ。今日はひとりだから」

「吉田さんのこと知ってる？」

恵一は困ったように言い、私の顔をじっと見た。何だろう？　私はその目に、ほんの少し非難が込められているような気がした。

「病気みたいなんだ」

　私は驚いたが、同時に村田さんが休暇でスキーに行っていることに気付き、心細く思った。恵一の話では、苦しんでいて話もままならないらしい。様子を見に行かなければならない。恵一にお茶を出してから、階段を上った。

　私はなるべくいつもと同じように声をかけた。

「吉田さん。下の永井ですけど」

「開いてます」と、弱々しい声がした。

　ドアを開けた私は、部屋の臭《にお》いにうっと吐き気を催した。部屋は寒く暗く、吐瀉《としゃ》物《ぶつ》と汚物の臭いが充満していた。私は奥の部屋に駆け寄った。

「どうしたんですか」

「美浜ちゃん？」

　吉田さんは入れ歯を外した声で音を洩《も》れさせて喋《しゃべ》った。声のどこかに、やはりほっとしたような響きがあった。

「どうしたの、吉田さん。風邪引いたの」

「うん。でも、たいしたことない。寝てりゃあ治るよ」

吉田さんはのろのろと言った。

「そうだね。ゆっくり休んで」

口ではそう言いながら、私は暗がりに慣れた目でそっと部屋を観察した。枕元《まくらもと》の塗り盆の上に、体温計と濡れたタオルが置いてあり、空っぽの湯飲みと市販の風邪薬のビンがあった。そして、新聞紙を敷いた洗面器には吐瀉物がそのまま残っていた。私は吐き気を堪《こら》えて言った。

「吉田さん、熱があるんじゃないの。ちょっと計ってみて」

そして体温計を手に取った。いつ計ったものか、三十九度八分で止まっている。それを思いっきり振って、水銀を下げながら聞いた。

「これ、いつごろ計ったの」

「ゆうべ」

病んで入れ歯を外した吉田さんは、会ったことのない老婆《ろうば》に見える。私はこんな時に村田さんがいてくれたらいいのにと思い、野呂でもいないよりはましだと、初めて思った。空気を入れ換え、ストーブを点《つ》けて洗面器を綺麗《きれい》にしていると、戸口から恵一が覗《のぞ》いた。

「ひどいだろう」

「お医者さんを呼ばなきゃならないわね」

「呼んで来るよ。あ、それからこの費用はうちで持つからね」

恵一は暗い階段を降りて行った。先程の困り果てた様子と違って、自信が溢《あふ》れていた。もしかすると、うちの事務所の電話でも使って会社に連絡し、指示を受けたのかもしれない。私は恵一の会社が吉田さんの病気をうまく利用しようとしているのではないかと嫌な気がした。

駅前クリニックの医者と看護婦が到着した時は、心底ほっとした。すっかり汚れてしまった寝間着の替えと、意外に高い大人用のおむつ、それにおまるや新しい寝具まで恵一の会社で用意してくれたことは正直、有難かった。私の持ち金では、とても立て替えられないからだ。私より若い医者は流行性感冒だと診断し、これ以上ひどくなったら入院させるので、近親者を探しておいてください、と言って帰って行った。

吉田さんはもう世話になっているのがわかっているのか、恵一の顔を見ても何も言わず眠ってしまった。私と恵一は、ようやく片付き、清潔になった吉田さんの家のコタツに入って、恵一が下の弁当屋で買って来てくれた海苔《のり》弁当を食べた。すでに四時近い。雪はやんだが、陽はとうに落ちてしまったかのような暗さだった。

「疲れたでしょう」

恵一が私を労《いたわ》った。声を潜めている。

「恵一さんも疲れたんじゃないの。慣れないことをして」

「いや、仕事のうちだから」

恵一は屈託なく言った。

「そうだ。吉田さんの近親者、知ってるかな」

恵一は黒い革表紙の手帳を出した。

「あまり言わないから、よく知らないんだけど」

私は記憶を探った。村田さんのほうが付き合いが長いので、詳しいのだ。

「妹さんが伊東の方の大きな旅館の奥さんだったとか聞いたことがあるけど」

「何ていうところ」

「伊東の与志屋《よしや》とか言ってたわよ」

「有名だよ」

恵一は驚いたように言った。

「でも噂《うわさ》よ。村田さんが前にそんなことを言ってたもんだから」

「調べてみよう」と、彼は何か書き込んだ。「子供はいないのかな」

「いないみたい。実家は九州らしいけど、よくは知らない。大連から引き揚げてきたっていうのは聞いたけど」

「じゃ、入院になったら、どこに連絡すりゃいいんだろうね」

「本当ね。そういう時はどうするのかしら。いつも吉田さんはひとりで死ぬからいって言ってたのよ」

「そんな、都合好くいかないよ」

恵一が苦笑した。その通りなのだ。現実がそんなにうまくいった例《ためし》がない。

「死ぬ時はみんなに迷惑かけていくんだよ」

恵一はそう呟《つぶや》いたあと、まずいことを口にした、というように私の顔を見た。二人ともまた英二のことを考えていた。私は疲労を感じて息を深く吐いた。すると恵一が優しく言った。

「もういいよ、美浜ちゃん。事務所に戻ったら」

「じゃ、帰りにまた寄りますから」

私は弁当の殻を片付けて、立ち上がった。恵一も疲れたように畳の上にごろりと横になった。

それから二時間ほど経《た》って、事務所の仕事を終えて吉田さんの部屋に寄ってみると、困った顔をした恵一が現れた。

「美浜ちゃん、申し訳ないけどおむつを替えてくれるかい。おまるじゃ駄目だっていうんだよ」

私は仕方なく承知した。恵一は気を利《き》かして出て行き、私は向こうを向いて寝ている吉田さんのところに行って話しかけた。

「吉田さん、おしっこしよう。ね、あたしが抱き起こしてあげるから」

うん、と吉田さんは答えるが、まったく目を開けようとしない。そっと布団《ふとん》を捲《めく》って抱き起こしかけたが、いかに吉田さんが小さくて痩《や》せていても、子供と同じ具合には持ち上げられなかった。私は諦めてまた布団を掛けた。

「ごめんね。できないわ」

　それだけ言うにも息が切れた。私は慣れないおむつ替えをしながら、暗澹《あんたん》とした気持ちになった。こんなことをしていたら、本当に寝付いてしまうかもしれない。もしそうなったら、誰が面倒を見るのか。老いた病人の世話は傍《はた》で考える以上に大変だ。そんな私の思いが伝わるのか、吉田さんはおむつを替えられる間も諦めたように目を固く瞑《つぶ》っていた。結局、その晩は、十時頃まで私が見ていて、後で恵一が来てくれたので、任せて帰ってしまった。

　翌朝、いつもより一時間以上早く事務所に着いた。心配だったので、吉田さんの部屋に真っ先に向かった。控えめにノックすると、すぐドアが開けられ、ちょうど出ようとしている、姉と同じ年頃の女と顔をぶつけそうになった。私たちは同時に謝って擦れ違った。女は黒いコートを着て大きな紙袋を持ち、会釈《えしゃく》して階段を下りて行った。この人が恵一の奥さんなのか、と私は後ろ姿を見送っていた。モデルだと姉は言っていたが、もしそうだとすると、生協の肌着などのモデルをしていそうな地味な感じがした。

「奥さんですか」

「うん。昨日帰る暇がなかったんで、着替えを持って来て貰《もら》ったんだ」

恵一は何だか申し訳なさそうに言い、私はそんな恵一が嫌いではなかった。恵一の気弱に見えるほどの気配りや慎重さは皆、英二にはないところだった。英二はいかにも次男らしい快活な性格で愛されていたのだ。

「吉田さん、どうですか」

「良くないみたいだよ。食べてもみんな戻しちゃうし、脱水状態じゃないかなあ」

「おむつ替えた方がいいかしら」

「あ、今うちのやつがやったから」彼はまた恥ずかしそうに言った。

「これからねえ、山内先生来てくれるんだよ。駄目だよ、おばあちゃん、熱が下がらなくて」

私は吉田さんのところに行き、額に手を置いた。額は熱かった。顔がさらに縮んだように見える。私の掌《てのひら》が余程冷たかったのか、吉田さんは身じろぎした。やがて、昨日の医者と看護婦がやって来て、入院が決まった。

「入院費用は、とりあえずうちの方で出させていただきますから」

恵一が念を押し、どこかに電話をかけに行った。また会社に報告して、今後の指示を仰ぐのだろう。私は、先日モスバーガーで見かけた、馬車の模様のネクタイをした横柄《おうへい》そうな男の顔を思い出した。やがて病院車が来て、吉田さんは何も言わずに担架に乗せられて出て行った。

「それはうまく立ち回ったなあ」

私の話を聞いた野呂は、吉田さんの病状を案ずるでもなく、恵一の行動をそう評した。

「でも、吉田さんは本当に悪かったんですよ。森口さんがいなかったら、私ひとりじゃどうにもならなかったと思います」

「そうだけどさ」野呂は、太い声を出してぎろっと目を剥《む》いた。「でも、そりゃあ、千載一遇のチャンスだよ。吉田さんには悪いけどね。だって、これから治療費が嵩《かさ》む方が万々歳よ、ベイエリア何とかにしてみれば。こんだけかかりました。こんだけ私のほうでお世話させていただきました。と、こうなれば吉田さんも人の子だし、ほろりとくるし、第一まとまったお金を返さなきゃならないでしょう。そして、もし何百万円とか言われたらやっぱりここを売らなきゃ、そんな金は作れない、とかいうこともある訳でしょう」

「じゃあ、どうすれば良かったんでしょうか」

「どうしようもないよ。あなたが面倒見る、なんて言えないでしょう」

勿論《もちろん》、それは不可能だ。だが、長い付き合いのある吉田さんが、英二の兄に利用されるのは嫌だった。私は久しく忘れていた無力感に囚《とら》われ、窓の外の残雪を眺めた。

8

野呂の許可を得て、私は吉田さんの身の回りの物を持って病院に行った。病院は駅の反対側にあって、古い建物と新築した建物が溶け合わないままに古びてきているようなところだった。薄暗い玄関に入ってから、老人病院だと気が付いた。

受付で吉田さんの部屋を聞いて行ってみると、狭い八人部屋で老女ばかりが寝ている。壁際《かべぎわ》の折り畳み椅子《いす》では三人の付き添い婦がミカンの皮を剝《む》きながら、朝のワイドショーを見ていた。入って来た私に誰も注意を払わない。真ん中のベッドで、吉田さんは困ったようにきょろきょろしていた。腕には点滴の針が刺さっている。

私は無関心な部屋の人々に一応挨拶《あいさつ》して、吉田さんのベットの側に行った。

「吉田さん、大丈夫ですか」

私は微笑《ほほえ》んで話しかけた。吉田さんはほんの少し笑い返したものの、入れ歯を外していたので、話したくなさそうだった。それを見て、誰も入れ歯を持って来ていないことに気が付いた。このままでは、吉田さんは喋《しゃべ》れず、食べられず、意思表示をしない本当の病人になってしまうだろう。

「ねえ、入れ歯どうしたの。ないと困るでしょう。あたし持って来てあげるから、どこにあるのか教えて」

「あとで」と言ったように聞こえた。

「どこ、洗面所で外したの」

いいよ、いいよ、と言うように吉田さんは針の刺さっていない方の腕を力なく振った。その後もいろいろ話しかけてみたものの、吉田さんは入院したことがショックになっていて、どこか拗《す》ねているように見受けられた。仕方なく、入れ歯は自分で見付けることにして、持って来た物を枕元《まくらもと》の引き出しに整理して入れた。引き出しの奥に、前にいた人の物らしい銀行の卓上カレンダーが入っていた。忌《い》まわしく感じられて、ゴミ箱に捨てた。

病室を出ると、解放された気がした。私は後ろを見ずに飛んで帰りたかった。どこかに。ここにいるのが嫌だ、とこれほど思ったことはない。玄関先で、いったい何千人が履いたのだろうという不潔なスリッパを脱ぎ、自分の靴を履くとほっとして、私は走りだしたくなった。しかし、吉田さんはここを容易には出られないだろうという予感がして、残雪に光る真昼の陽光を見ると涙がこぼれそうになる。この感覚は、前に経験したことがあるような気がした。

「どうしたの」

私の前にいきなり、また英二の声がした。私はそれが恵一だとわかっているのに、その腕の中に倒れ込みたくなった。

「青い顔をしてるよ。大丈夫かい」

恵一が私の顔を覗《のぞ》き込んだ。私はたとえ一瞬でも、恵一の腕の中に倒れ込みたいと思ったことを恥じた。

「そんなに青い顔してた？」

私は恵一を見た。今朝と同じ黒いコートを着て、クラッチバッグを持ち、やや疲れた表情で立っている。

「ちょっとおいでよ。いいだろう？」

私たちは、雪が残っているのに日差しはすっかり春めいたびしゃびしゃの商店街を一列縦隊で歩いた。恵一が入って行ったのは、先日、彼を見掛けたモスバーガーだった。恵一は二人分のコーヒーを持って階段を上がった。二階席は紺色の制服を着た女子高校生でいっぱいだった。髪を撫《な》で付けて流行《はや》りの服装の恵一は無遠慮な視線を浴びている。しかし、恵一はまったく気に留める様子もなく、奥の窓際の席に、白いプラスチックの盆を置いた。

「吉田さんね、付き添いを付けなきゃ駄目だって、病院側が言うんだ」

「あたしもそう思った。今日の様子を見て」

「そうするとね、最低で月に十五万ぐらいかかるんだけど」

私は溜息《ためいき》を吐《つ》いた。野呂の言った恵一たちの策略というのが脳裏に浮かんだが、実際の吉田さんを見ると、誰だろうと金を出してくれるところは有難いと思えた。それに何よりも親身になってくれる人が欲しかった。

「それでね、近親者を探したんだけど、伊東の与志屋、あれは違っていたよ」

「やっぱりねえ。村田さんがいるといいんだけど、あの人、帰って来るのは来週なのよ」

「ところが、いたんだよ」

恵一は愉快そうに笑った。

「え、どこに」と、私はきょとんとして恵一を見た。

「四階の鈴木さん。何と妹さんなんだって」

さすがに驚いた。鈴木さんにも知らせなければ、とは思っていたが、普段、吉田さんとも行き来がないので遠慮していたのだ。

「吉田さんのことを話したら、私たちは実の姉妹ですけど、仲が悪くて行き来してませんから、そちらで面倒を見て下さいって言われた」

「お金は」

恵一は首を横に振り、紙コップのコーヒーを飲み干した。そして、私の分まで新しいコーヒーを買って来てくれた。ジョージ・マイケルの新曲がかかり、高校生の話し声とで、店内はうるさかった。私たちは、ぼんやりと熱く薄いコーヒーを啜《すす》り、視線をそれぞれ違えて物思いに耽《ふけ》った。それから私は、ようやく聞きにくいことを聞いた。

「恵一さんの会社では結局、あの土地を欲しいんでしょう？　だから、お金を出しても構わないのは、引き換えに土地を売って貰《もら》うってことなの？　それは、うちの所長が言ってたことだけど」

「そう言ってしまうと火事場泥棒みたいな話だから、ちょっと違うと思うよ。困っているなら相談に乗りましょうって姿勢できたんだ。別に阿漕《あこぎ》なことを考えているわけじゃない。でも、誠意を見せたからっていうスタンドプレー的なところがあるのは否定できないなあ。まあ、世間にはいろいろ言われても難しいところだね」

恵一の歯切れは今ひとつ悪かった。

「恵一さんは、そういう仕事が好きなの」

「好きだろうね」

恵一は少し迷うように答えて、マイルドセブンを取り出し灰皿を引き寄せた。私は黙って腕時計を見た。

「時間？」

「ううん、まだいいわ。ただの習慣なのよ」

「ふうん。あのね、きみがもし良かったら、なんだけどね。今度、あそこに行ってみようかと思っているんだよ」

今度は恵一が言いにくいことを切りだすように言った。

「どこですか」

「田無の踏切」

久しぶりに聞いた、その言葉の響きに、私は一瞬硬直した。恵一は真面目《まじめ》な顔で、手帳を取り出し、パラパラとめくっている。そして心配そうに言った。

「悪趣味だと思うかい」

私はかぶりを振った。だが、行ってどうするのだ。事故現場に花でも供えるのか、十一年ぶりに。

「どうしてですか」

「一度も行ったことないからさ。俺、葬式で帰って来て、本当に不思議だったんだよ。あいつがそんな死にかたするってよくわかんなくてさ。一人で行ってみようかと思ったりしたけど、今更と思ってやめたことがあった」

「あたしはいいです」

私は俯《うつむ》いて言った。心のどこかにほんの少しだけ、行ってみたい気があったのも事実だ。それは瘡蓋《かさぶた》をはがす快感に似ている。

「そうだろうなあ。そうだよね」

「すみません。無下に言って」

彼は手帳をぱたんと閉じた。そして私たちは別れた。


その晩、夕食を食べながら私は吉田さんと鈴木さんが姉妹だったことを話した。

「あたしとみいちゃんが上と下に住んでいるようなもんだねえ」

姉が缶ビールを飲みながら、愉快そうに言った。今日は母が持って帰って来たマグロの刺身と、甘エビがおかずだった
「司津ちゃんが入院して、あたしがご勝手に、仲が悪いから面倒は見ません、って言う訳ね」

「あんたなら言いかねないよ」

姉は案外本気で怒っている。ビールのアルミ缶を両手で潰《つぶ》した。私は吉田さんと鈴木さんにも、こういう姉妹でいた時期があったんだろうな、と想像した。父は黙って焼酎《しょうちゅう》を飲んでいる。私たちは家族の終わりの形態なのだから、どこか吉田さんの運命を私と姉に重ねているのだ。皆、それを思っているのに口には出さない。が、父がそれを破るように楽天的に言った。

「俺はいいや。おまえたちに最期《さいご》は見て貰うから」

「嫌だねえ。面倒見るだけ見て、あたしとみいちゃんは吉田さんと鈴木さんみたいになるのか」

姉は吐き捨てた。私は苦笑した。きっと父の言ったことは本音なのだ。私が二十歳だった頃には、絶対に口にしなかった言葉だ。親子の関係も変わるべき時というのがあるのに、私たちはそのタイミングを永遠に逃してしまったらしい。

「結婚しないからじゃない。あれだけ言ったのに」

母がそれ見たことか、と言うように、しかし、どこかがっくりしたように口を挟んだ。

「まあまあ、そんなマジにならないで」

私はふざけて、とりなすように両手で母を押さえる真似《まね》をした。姉は怒って目を伏せている。やがて母は日課の夕食後のごろ寝を始めた。ソファの上で横になって、最初は夕刊を読み、それからちらちらテレビを見てうたた寝をするパターンだ。父はコタツに入り、天板の上にベニヤ板を置き粘土を捏《こ》ねている。本格的な土ではなく、お遊びでもできるように子供用のプラスチック粘土を買って来たのだ。それは見事な黄色で、父の顔色は逆に土気色に見えた。既に四個目位にはなる、小さな人間の首を作っている。私はそんな父の執着をやや気味悪く思っていた。

「ねえ、ゆうべもうるさかったでしょう」

対面式キッチンで洗い物をしている姉が顔を顰《しか》めた。私にはさっぱり意味がわからない。

「上よ、上」

姉は洗剤の付いた指で、天井を指した。

「宇野さんのところ?」

数週間前の、宇野さんの話を思い出し、私はたじろいで姉の顔を見た。姉は仏頂面《づら》をしていた。

「そうよ。ああ、そうか。あんたは遅く帰ってきて、すぐ寝ちゃったんだ」

昨夜は、十一時頃に帰宅し、入浴もしないで寝てしまったのだ。嫌な夢を沢山見たような疲れた睡眠だったが、一度も覚醒《かくせい》した覚えがない。だから、寝付きのよい姉に言われたことも、癪《しゃく》だった。

「すごかったよ、ゆうべは」

「またカラオケ？」

姉は洗い物を済ませて、手を洗っている。

「いや、そういう音じゃないのよね。どすどすって走り回っているような感じ」

「喧嘩《けんか》でもしたのかしら」

心配になった私は、うっかり口を滑らせた。

「でも、宇野さんのご夫婦って喧嘩しそうにないけどね」

姉は驚いたらしい。確かに宇野さんは、このマンションでは腰の低い、綺麗《きれい》な若奥さんという印象を与えるのに成功していた。複雑で悲しげな宇野さんを知っているのは、私だけなのだ。

「ご主人が酔っ払って、走り回っていたんじゃないの」

「どうかしら。案外、夫婦喧嘩かもしれないわねえ。あのご主人、酒乱だったりして。本当は殺し合いの大喧嘩だったりして」

姉が笑っている。

「やめなさいよ、そんなこと言うの」

「あんたが言ったんじゃない。また来るかな、ミッキーマウスのお手紙が」

姉が布巾《ふきん》をフックに掛けながら言った。

「ねえ、そのことだけどさ」私は思い切って口にした。「あのミッキーマウスの手紙、司津ちゃんじゃないよね」

キッチンから出て来た姉が、まっすぐ私に向かって来て、私の肩をどんと小突いた。

「何であたしがそんなことしなくちゃなんないのよ。どういう意味」

不必要にムキになっている気がしないでもない。私は眼鏡の奥の姉の目を見つめた。切れ長の目が、三白眼気味に光っているのは怒っている証拠だった。しかも、眼鏡のレンズが曇っていることに気付いた。父の眼鏡のように。

「眼鏡曇ってるよ」

「どうだっていいじゃない、そんなこと」

姉が再び、私の肩を小突いた。今度は軽かったが、姉が激昂《げきこう》しているのだけはわかった。姉は激しい人間だ、と今更ながらに思い知らされた。

「いいけどさ。何で、司津ちゃんは宇野さんの家のことが気になるの。あの人が綺麗だから？　結婚してるから？」

「違うよ。そんなこと一回も考えたことないよ。あたしの部屋が、あそこの家の真下だから、よく響くの。それだけよ。あたしはミッキーマウスのメモも持ってないし、そんなこと書く暇もないよ。馬鹿《ばか》にしないでよ」

ディズニーランドに行った癖に。その時、スカートを穿《は》いていた癖に。私は喉元《のどもと》まで出かかった言葉を呑《の》み込み、ふと、姉は誰と行ったのだろうと気になった。もしや、恵一とではあるまいか。しかし、いくらなんでも、姉が誰と付き合っているのかまでは聞けない。黙り込んだ私に、姉が怒鳴った。

「あんたって、凄《すご》く暗くなったよね。人のこと気にしてばっかで、最低。東京で何をしてきたか知らないけど、あんたの噂《うわさ》だって、ちゃんと入っているんだよ」

今度は私の番だった。私は、姉の胸の辺りを力一杯、両手で突いた。突き飛ばされた姉が、背後のキッチンカウンターに腰をぶつけたらしく、大袈裟《おおげさ》に喚《わめ》いた。

「何すんのよ。この欲求不満が」

「欲求不満はどっちよ。あんたが英二と付き合っていたのは本当なんでしょう」

私は、とうとう言ってはならないことを口にした。姉は、竦《すく》んだ後に、両眼に涙を溢《あふ》れさせた。

「あんたまでそういうことを言うんだ」

気付くと、私たちの真横に父が立っていた。曇った眼鏡を掛けた父は、真剣な表情で私たちを交互に見比べていた。父も真相を知りたかったのだ、と気付いたのは、自室に戻ってからだった。

9

翌週の火曜日、私は疲れて会社を休んだ。行って行けないこともなかったが、無理をするほどの価値もない、と思った。疲労が溜《た》まると時々こんな風に面倒になって、何もかもがどうでもよくなる。電話のベルで起こされ、目覚まし時計を見ると午前十一時を過ぎていた。父は朝、老人クラブに出掛けたはずなので、私は自室の椅子《いす》の背にかけてあったコートを羽織った。いつもはきちんと洋服ダンスに仕舞うのに、昨日は何だか投げ遣《や》りになっていたのだ。寝過ぎで体が重い。

居間は、暖房が消えて久しいのか、寒かった。天気はどんよりとした曇りで、また雪でもちらつきそうな色をしている。私は、ようやく受話器を取った。

「もしもし永井です」

「美浜、大丈夫。風邪引いたの？」

由佳子が前置きなしに、いきなり尋ねた。自宅にまでかけてきたのか、と私はほんのちょっぴり厭《いと》わしく思い、でも久しぶりに声を聞いたので、かなり嬉《うれ》しく思った。由佳子に対しては、二律背反する思いがある。懐《なつ》かしさと反発。連帯と離反。期待と諦《あきら》め。それは、由佳子が子持ち主婦という立場にあって自身は安泰なのに、私を絶えず何かにけしかけているようなところがあるせいかもしれない。

「びっくりしちゃったよう。野呂ちゃんがいきなり出てくるんだもん」

「会社に電話したんだ」

私は笑いを堪《こら》えた。そして片手で受話器を押さえながら、ガスストーブを点《つ》けた。

「はい。トモエ建設でえ、ございます」

由佳子は、丹波哲郎風に妙に力んだ野呂の物真似《まね》をかなりうまくやってみせた。

「うまいじゃない。所長は何て言ってたの」

「ええとお、永井は自宅で静養しております」

「静養ねえ、それは言える」

「吉田さんが倒れたんだってね。野呂ちゃんが言ってた」

そこで私は、この間のいきさつをかなり詳しく由佳子に話した。由佳子には恵一と再会したことを伝えてなかったので、驚いている。

「恵一さんてさ、年上なのに昔はちょっと弱々しい感じがあったんだよね。ほら、英二は利《き》かなくて突っ張ってたからさ、あれが兄弟かって言ってたよね、みんな。だから、英二が自殺した時、恵一さんと間違えた人、たくさんいたんだよ。英二が死んだって聞いて、あたしも信じられなかったもの。嘘《うそ》でしょう、あいつじゃないよね、お兄ちゃんの方でしょ。あたし、そういう風に美浜に言ったの覚えてる」

「でも恵一さんは、もうアメリカに行ってて、いなかったじゃない」

「そうだけど、アメリカで自殺したっておかしくないし、ともかく英二だとは思わなかったのよね。あいつは浪人してたけど、そんな思い悩むような奴《やつ》じゃないと思ってたし」

「でも思い悩んでいたのかもしれないわよ。それに恵一さんて、案外したたかで遣り手な感じ」

「へえ、そうなんだ」と、由佳子は興味なさげに呟《つぶや》いた。

「実はね、最近になって、また英二のことが気にかかって仕方がないのよね。どうして自殺なんかしたんだろうって」

「もう、いいんじゃないの」

由佳子は明るく言った。

「何が」

「英二のことは忘れなよ。時効よ。自分のこと責めるのやめなよ」

「責めてないよ。ただ私はわからないだけ」

「わからないの当たり前じゃない。他人だもん」

私は、そうだね、と口の中で言い、それから少し沈黙した。由佳子も、気まずくなったのか言い淀《よど》んでいる。大きな隔たりを感じるのはこういう瞬間だった。由佳子はいつも近未来のことしか頭にない。そして私は、過去を振り返ってばかりいるのだ。そんな私を由佳子は後ろ向きだと思っているのだろう。でも、私の中にある英二への思いは、どうしても言葉では説明できない種類のものなのだ。私はそのことをよく知っていたし、変わろうと思っても変われない自分も知っていた。

私たちは当たり障《さわ》りのない話を少しした。清花ちゃんが風邪を引いているので、ディズニーランドに行くのは三月にしたいとか、由佳子の夫の会社の製品のバーゲン日についてなどだ。つまり角の立たない話だ。

電話を切ってから、部屋に戻った。冬眠をする動物のように、春になるまで穴に籠《こ》もって眠りたかった。そして、空腹で、交尾したくなって、それらが満たされないが故《ゆえ》に腹が立って目が覚めたらどんなにいいだろうか、と思った。コートを脱いで、またベッドに潜り込んだ。シーツはまだ、十時間以上も眠った私の温《ぬく》もりを残している。何となく安心した私は、起き上がってベッドの左側の窓のカーテンを開けた。そして、仰向《あおむ》けになって空を見上げた。どんより曇った空しか見えなかった。こんな日のシンデレラ城は冴《さ》えない。私は今日、まだ一度も見ていない遊園地の真上の空を想像した。今日のような底冷えがする曇り空には、作り物はすべて悲しく映る。埋立地もそうだ。私は目を瞑《つぶ》った。静かだった。

私は確かに、英二に向かって、あんたより恵一の方がカッコイイ、と言った。なぜなら、英二はカッコ悪かった。制服の上着の裾《すそ》をカットしたり、朋来屋《ほうらいや》でボンタンを買って不良を気取っている割に、やることはまとも過ぎるほどまともだったからだ。両親の願いを叶《かな》えるために大学進学を目指していたし、不良としては中途半《はん》端《ぱ》に立派な家に住んでいた。その家には、自分の勉強部屋もあったし、ロードレースタイプの自転車も持っていたし、ラジカセだっていち早く手に入れた。対して、兄の恵一は、高校を卒業するや否《いな》や、受験を拒否してアルバイト生活に入った。恵一は一年間アルバイトして百万円を貯《た》め、自力でニューヨークに行ってしまったのだ。勿論《もちろん》、その時は勇気があると思って尊敬した恵一が、今は怪しげな不動産開発などという仕事をしているのは結果論であって、当時は、英二の方が圧倒的にカッコ悪く、子供っぽく見えたのだ。

英二は、両親を避けるように「フリーダム」に入り浸っていた。しかし、どんなに私の父が英二を可愛《かわい》がろうと、英二は、小さな街の喫茶店のマスターになって終わってもいい、とは思っていなかったはずだ。私には常に、父と私が英二に利用されているような不快感が付き纏《まと》っていた。

細部は覚えていないが、あの夜は、こんな遣り取りがあった。場所は、「フリーダム」のカウンターの中だ。父は一番端っこの席でポータブルテレビを見ていた。客は誰もおらず、英二は自分が買って来たレコードのライナーノーツを読んでいた。確かロキシー・ミュージックだった。英二は新盤をもっと買いたかったらしいが、珍しく、父がいい顔をしなかったのだ。

「最近、オヤジさん、ケチになったな」

英二は、父の方を見遣って、ぶつくさ文句を言った。私は、父が英二に甘いのを横から見ていたから、やや、むっとしたのだった。

「だって、売り上げないもん」

「俺だってバイト代ほとんど貰《もら》ってないぜ」

英二は、店の金で好きなレコードを買っては、自宅に持ち帰ってテープに落としたり、そのまま返さなかったり、勝手をしていた。私は父の味方ではなかったが、英二の甘さに腹が立ち、小言を言った。

「だって、あんたは好きでいるんでしょ。だいたい、英二は甘いんだよ。受験だって本気じゃないし、就職する訳でもないし、ただ毎日ここに居るだけじゃない。居させて貰うだけでもいいんじゃないの」

英二の怒りの源に触れた気がした。英二がきっと向き直った。高校時代、リーゼントにしていた髪は短く刈り上げられていたので、額に青筋が立ったのがわかった。英二は、私と比べて弁が立たないからもどかしいらしく、舌をもつれさせた。

「好きでいる訳じゃねえよ」

「あら、悪かったわね」

私は挑戦的に受けた。父がちらりとこちらを振り返ったので、私たちは声を潜めた。英二が続けた。

「好きなとこもあるけど、そうじゃないところもある。オヤジさんが、ああやってテレビ見るの、嫌いだよ。まるで煙草屋《たばこや》の婆《ばば》あみてえじゃねえか。だから、みんな来ねえんだよ。俺がいい曲流してんのに」

「英二さあ、あんたひどくない。人のせいにして。あんたは何がしたいのかさっぱりわからないよ。あんたなんかより、恵一さんの方がよっぽどカッコイイよ。自分でお金貯めてアメリカ行って」

そこまで言ったら、英二が掌《てのひら》をカウンターに叩《たた》き付けて怒鳴ったのだ。

「二度とそんなこと言うな」

口論はそれきりで終わった。私たちは父を残して店を出た。英二はいつも通り、私を旧市街にあった私の自宅までチャリで送ってくれて、別れ際《ぎわ》、軽くキスした。英二の体からいつも匂《にお》う鉄錆《てつさび》のような匂いがその日はきつかったのを覚えている。

それが生きている英二と会った最後だ。電話が鳴る寸前の徴候を感じ取れるはずの私が、なぜ、英二の死の徴候を嗅《か》ぎ取れなかったのか。そして、徴候を知ったところで、私ならば、決まりがつくまで手を出せなかった、ということも、私にはわかっているのだ。問題は常にここに行き着く。

10

日曜日になった。宇野さんとしばらく会っていない。最後に見かけたのが、あの雪の日だったから、かれこれ一ヵ月近い。階上で大きな物音がしていた、と姉が言った時に少し心配になったものの、その後何事もなさそうなので、忘れてしまっていた。私は、宇野さんの部屋を訪ねてみようか、という気になった。

居間では、ガウン姿の母が眠そうな顔で味噌汁《みそしる》を作ったり、卵を焼いたりして朝食の支度をしていた。父はまたプラスチック粘土を捏《こ》ねている。今度の粘十は青だった。黄色はすぐ汚れて黒くなる、と気に入らなかったらしい。姉は、朝早くから職場のソフトボール大会に行って、留守だった。本当にソフトボール大会だろうか、と私は訝《いぶか》しんでいる。宇野さんの話を聞いて以来、姉への不信感はいや増していた。それに、私たちはあの大喧嘩《おおげんか》以来、顔を合わせても、ほとんど口を利《き》いていなかった。

「今日、吉田さんのところにお見舞い行くでしょう」

母は顔を上げずに言った。当然、私が行くものと思っているような言い方に、少し苛立《いらだ》った。

「行かない。だって、昨日行ったばかりだもの」

「いいじゃない、毎日行ったって。いつも世話になってるんだから、優しくしてあげたら」

「優しくしてない訳じゃないよ」

私は白けた気持ちになった。吉田さんは寝たきりになった途端、我が儘《わがまま》になり、ひどい悪口を並べるようになった。最初はいない人の悪口を言い連ね、それはただ単に寂しいせいだろうと寛容な気持ちでいたが、最近は私や村田さんにも面と向かって、言いたい放題だった。だから、村田さんと私はお互い、週に二回ずつ曜日を別にして半ば義務のようにして見舞いに行っていた。昨日の土曜も、実は怒って帰って来たのだった。吉田さんは、あの窮屈な病室で喚《わめ》いた。

『あんたもあの森口とかいう男の手先なんだろう。知ってるんだよ、あたしは。村田さんが言ってたもの。あんたたちは出来てて、あたしの土地を狙《ねら》ってるって話じゃないか。絶対に売らないからさ、あの色男に言ってやんな』

怒って部屋を飛び出すと、隣の人に付いていた付き添いのおばさんが走って追いかけてきて、人差し指を頭の横でくるくる回した。

『気にしちゃ駄目。ちょっと変になってるんだから』

私は怒りのあまり、ぜいぜいと息が切れたほどだった。吉田さんとは、大家と店《たな》子《こ》の関係でしかなく、しかも私は店子に雇われた者なのだ。そこまで言われる筋合いはないし、吉田さんの本心を聞いたような気がして、私は悔しかった。

『みんな、最初は悪態吐《つ》くのよ。寝付いた自分が情けなくてね。必ずそうなる時があるの。だからさ、気にしたら駄目よ』

おばさんは太い指の腹で私の手を撫《な》でさすった。私はそのリズムに合わせて息を整え、やがて落ち着いたのだった。

「吉田さん、悪口言うから会いたくない」

私は母に昨日のことをかい摘《つま》んで話した。まだ怒りが完全に治まってはいなかった。母は怖《お》じたらしく、「あたしもやめとこうかな」などと言いだした。

午後、私は宇野さんの部屋のインターホンを押した。正方形の板でできた表札を眺めながらしばらく待ったが、まったく応答がない。仕方なく家に戻ると、誰もいない部屋で、父が本格的な灰色の粘土を練っていた。力が要るのか、結構息を切らしている。帰って来た私を見ても、ちらと見るなり無言だ。最近の父は一層、寡黙《かもく》になっていた。姉と私の大喧嘩を見たせいかもしれないし、誰も父の作品に注意を払わないせいかもしれない。しかし、すぐ飽きるだろうと思っていたのに、父の彫刻熱が続いているのは意外だった。母は、予定通り、吉田さんのところに見舞いに行ったらしく不在だ。私は居間で新聞や雑誌などを読んでいたが、無言で制作に励む父と二人っきりでいるのが気詰まりなので、散歩に出た。

暖かい日で、誰もが軽装だった。だが、私は相変わらずコートを着ている。汗を掻《か》きながら十五分ほど歩いて、ディズニーランドのお尻《しり》の辺りに出た。フェンスの向こう側の向こう側に、シンデレラ城とビッグサンダー・マウンテンが突き出ていて、さらにその向こう側に、スペース・マウンテンの白いドームが見えた。私はそこに立ち止まって、ずっと中を覗《のぞ》いていた。フェンスの内側はこんもりと盛り上がった丘に菜の花が満開で、美しかった。「まるで横田基地みたいだね」と、ここからの眺めを評した由佳子の言葉を思い出す。横田基地は知らないが、多分同じなのだろう、と思った。

それから、私は海に向かった。緩やかな勾配《こうばい》のある広いアスファルト道を行くと、林立するヨットのマストが見えてくる。マリーナができた、というのは知っていたが、来たのは初めてだった。マリーナの周囲は材木置き場か工場のような場所で、係留してあるヨットまでが、遊びの道具というよりも工具のひとつに見えた。錆《さび》だらけの鉄骨が野ざらしになった横で、私はどぶ臭い海を眺めた。だが、幼い頃に眺めていたあの海とは全然違う代物《しろもの》だった。ここにあるのは、生き物の気配のしない矩形《くけい》に切り取られた海だ。それでいいんだ、と私は思った。生き物は人間だけで沢山だ。

背後から肩を叩《たた》かれた。恵一が立っていた。彼は私と対照的に、ジーンズに白いポロシャツ、腰にグリーンのセーターを巻いている。その春らしい装《よそお》いは、やや軽薄に感じられた。いくら何でも、海縁《うみべり》で半袖《はんそで》は寒い。

「散歩？」

恵一は嬉《うれ》しそうに問うた。私は、恵一の家族の姿をきょろきょろと探した。

「お子さんは」

「いや、俺一人。半分仕事でね。今度、このマリーナにショップ出すから」

「そう、いいわね。ご発展で」

恵一は私の額の汗をじろじろ見た。暖かいのにコートを羽織っているのが不思議なのだろう。

「歩いて来たから」と、私は言い訳した。

「そうか。車だから、ちょっと乗らない」

恵一は、マリーナの駐車場を指さした。急に午後の陽が傾きだして、海風が冷たくなった。海面にさざ波が立っている。恵一は慌《あわ》ててセーターを着た。私はコートのポケットに手を入れたまま、その様を見ている。

「混んでないかしら」

「大丈夫。まだ三時前だよ」

恵一のクルマは、古い年式のスカイブルーのゴルフだ。私はコートを後ろの席に置き、助手席に座った。湾岸線に入ると上り車線は空《す》いている。視界が広やかで空が大きく見え、素晴らしく気分が良かった。ヘリポートに向かうヘリコプターがすぐ近くに見える。ヘリポートのあたりは深い草地で、草はまだ枯れていた。川を渡る大きなカーブで、私は我が家のマンションの辺りを振り返ったが、わからなかった。ディズニーランドが遠くなる。どんどん地縁から引き剝《は》がされる解放感があった。

「どこに行こうか。リクエストあるかい」

恵一は首都高の電光掲示板に目を走らせながら言った。

「俺の会社は、あの街だからほとんど地回りで仕事してるでしょう。時々、息が詰まりそうになるよ。だから日曜はね、よく首都高走り回るんだけど最近駄目だね。混んでて、かえっていらいらするよ。だけど美浜ちゃんもよく帰って来たよね、あそこに」

恵一は私を窺《うかが》った。英二のことを思い出す土地なのに、という意味なのだろうか。私も、恵一を見返す。私たちは無言で互いの目の中を探り合った。

「ディズニーランドが出来たっていうんで、帰って来た奴《やつ》、うようよいるよね。きみもその口？ あそこ好きかい」

「好きよ。元気が出る感じ。それに埋立地が前と変わっちゃったじゃない。それが良かったのよ。あたしは前の街、好きじゃないの。いろんなこと思い出すから。全然知らないところになってしまえばいい、と思って」

恵一は了解した様子だった。車は東京方面に曲がった。すると、突然渋滞になった。前のベンツのリアウィンドウに、大きなミッキーマウスの風船が揺れている。思い出したように恵一が、デッキに入れっ放しになっているカセットを押し入れた。シャーデーが途中からかかった。プライドより強いものは愛、と歌っている。

「でも、エスタウンで、うちは浮いているのよねえ」

「そうだろうなあ」

私の家族を知っている恵一は否定しない。私は、その率直さが楽だった。

「司津ちゃんはエスタウンに入りたいって言ったの?」

「あの人と母はね、あの漁師街の古い平屋を懐《なつ》かしがっているの。それで、一戸建てに住みたがったのよ。説得するのに大変だった」

「失礼な質問だけどさ。きみや司津ちゃんが一向に結婚しようとしないのはどうしてかな」

「姉はどうなのかな。あの人、割とお芝居がうまいのよね。自分は一人が向いているっていう、そういう振りしてる。だから、公務員を選んだみたいだし」

一人とは言っても、姉はずっと両親と暮らしている。家を出たくないのだろう。それとも何か。私は、近頃の険呑《けんのん》な姉の表情を思い出して、顔を強張《こわば》らせた。

「きみは？」恵一はノロノロ運転しながら聞いた。

「あたしは、あんまりしたくない。でも、一人で暮らすのも少し重荷だし、男と暮らすのも面倒だし、家族はもっと面倒。つまり、どこにも理想の形はないから、今ここにいるの」

私は夕焼けが広がる空を眺め、言葉を選んだ。理解してはくれないだろうと思ったが、正確に話したかった。急に前の車が走りだしたので、少しの間、恵一は質問しないで運転に集中している。もう日本橋だった。

「男の人と同棲《どうせい》してたことある。でも、急に嫌になって、別れて帰って来たのよ。その時、英二を思い出した。英二がまだ私を縛っているかと思うと憂鬱《ゆううつ》なの」

「縛りは解けないの？」

恵一は私を見て尋ねた。

「まだ、少しある。早く自由になりたいと思う。あなたが現れてから、特に思い出すわね」

「責任を感じるね。じゃ、これから行こうよ。折角だから」

田無の踏切のことを言っているのだろう。私は黙っていた。恵一はダッシュボードからロードマップを出して、道筋を確かめている。車はトンネルに入った。車内はオレンジ色になり、恵一はマップを膝《ひざ》の上に伏せた。私はトンネルのカーブの形に沿って鈍く光るオレンジ色の照明を目で追った。恵一はスピードを上げている。風船を乗せたベンツはまだ前を走っていた。私はハンドルに軽く置かれた恵一の手首を見ながら言った。

「恵一さんは、英二の自殺をどう思ってたの」

「うん。俺はあの時、ニューヨークの鮨屋《すしや》でバイトしてたんだよね。親父《おやじ》から報せ《しら》が来た時、ああ、人って意外な死にかたするな、と思った。あいつだけはそんなことないだろうと舐《な》めてたんだろうな。葬儀に帰ったら、英二が死んでしまったから、母さんのためにも日本にいろ、と言われた。俺は、ふざけるなと思った。アメリカで店をやりたかったんだよ。でも、考えてみれば、俺が勝手に出て行ったから、あいつの責任が重くなったところもあるし、しょうがないなとも思った。だから、俺も中途半端《はんぱ》だよ。英語も中途半端、大卒でもないし、今更どうしようもない。母さんは鬱になるし、親父は一気に老《ふ》けたし、この十年、何もかもが狂っちゃった。自殺って凄《すご》い破壊力あるよね」

私はトンネルの暗い路面に引いてある黄色いセンターラインを見詰めた。言葉にならない思いのように、センターラインはぐんぐんと迫り、視野の下にめり込んでは消えていく。新宿を過ぎ、永福インターを過ぎた。膝の上に伏せたマップを、恵一がこちらに渡した。

「悪いけど見てくれる」

私は仕方なしに杉並区の地図を探した。車内が仄暗《ほのぐら》いのでよく見えない。恵一がルームライトを点《つ》けてくれたので、何とか眺めて指示を出す。高井戸インターで首都高を降りた。環状八号線を右折する。既に五時近い。

「青梅《おうめ》街道に出て左に行けばいいみたい」

恵一は、窓の外を確かめるように見た。もしかすると、彼はすでに何度も行ったことがあるのではないか、と思った。環状八号線は混んでいた。ゴルフは少し走っては停まり、少し走っては停まり、した。

「こっちではどこに住んでいたの」

「最初は蒲田《かまた》で、次は川崎」

「やっぱり湾岸だねえ」恵一は疲れたように伸びをした。「海から離れられないんだ」

「でも、東京はどこでも好きよ。だだっ広くて」

「そう。どこに行っても家があるなあ」

「あなたは何をしてたの？　お葬式で見かけてそれっきりだったから、全然、消息も知らなくて」

「ディスコでDJやったり、ウェイターやったり、ふらふらしてた。最初は飲食関係に就職して、それから不動産関係。今の会社に来たのは一昨年《おととし》から。まあ、店とかも作れるし、面白い仕事だと思うよ。でもさ、俺も英二恨んだよ。あいつのせいで、俺の人生狂ったって。そら、親なんて放っておいたっていいのかもしれないけど、あの嘆きよう見たら、そうもできないよ」

恵一は、私の方を見ずに言った。ゴルフは青梅街道らしい大きな道を走っている。

両脇《りょうわき》に欅《けやき》が植わっている。すっかり日が暮れた。しばらく走ると、「田無」と書いた標識が見えた。

田無の踏切は、想像していたよりも広かった。青梅街道側から見ると、踏切の向こう側は緩やかな坂になっている。しかし、西武新宿線の、これといった特徴のない、どこにでもありそうな踏切だった。私と恵一は、バス乗り場の横に車を停め、車中から踏切を眺めた。恵一がガムの包み紙を開けながら言った。

「こんなもの見たってしょうがないよねえ」

「ほんとよね」

英二が死んだ時、私と父は電車に乗って来たのだから、おそらくこの踏切を通ったはずだ。あの時は、死んだ踏切がどこかわからず、また見たくもないから俯《りつむ》いていたのだった。私たちは無言で踏切を眺めた。何度か、カンカンと踏切の警報が鳴って、電車が通り過ぎて行く。

「英二は何で田無で死んだのかしら。それがどうしてもわからなかったわ」

私は呟《つぶや》いた。すると、恵一が顎《あご》を動かしながら、目を泳がせた。

「あのさあ、これは噂《うわさ》だから気にしないでほしいんだけど」

私は緊張して、薄笑いを浮かべる恵一の顔を見返した。なぜ、今、この男は笑っているのだろうと不思議だった。

「何が可笑《おか》しいの」

「噂だからだよ。本気にしないでほしいんだよ。実はさ、司津ちゃんの付き合っていた男が田無に住んでいた、という説があるんだよ。英二は、その男に会いに来て、絶望して死んだという噂がある」

「誰から聞いたの」

意外でも何でもなかった。恵一と再会して以来、私の中には、同じような考えがまとまりかかっていた。

「司津ちゃんの女友達辺りだよ。俺、同級だからさ、いろいろ入るんだよ」

「じゃ、あなたは姉と付き合ったことある？」

私は恵一に聞いた。そうでなければ、死ぬ前の晩の英二の怒りが理解できなかった。恵一はガムを包み紙に吐き出した。

「高校時代だけどね」

ああ、やっと。私はジグソーパズルの最後のピースが嵌《はま》ったような爽快感《そうかいかん》すら感じていた。

「あなた、最近、姉とディズニーランド行った？」

ガムの包み紙を窓の外に捨てた恵一は、ひどく驚いたように肩を竦《すく》めた。

「まさか、あんな近いところに行く訳ないでしょう。それに、司津ちゃんとは全然会ってないよ」

私は咄嗟《とっさ》に誘った。

「恵一さん、モーテル行かない」

恵一は、たじろいだらしく、痰《たん》を絡《から》ませた声で言った。

「英二のこと思い出したから？」

そうではなかった。私の中に単純で荒々しい衝動があった。英二の兄とセックスすれば、それですべて決まりがつくような気がしたのだ。聖地の巡礼に来た訳ではない。なぜ、こんなところまで連れて来られなくてはならないのだ。すべてに腹が立っていた。私は英二のことなんか綺麗《きれい》さっぱり忘れてしまいたいのだ、と初めて気付いた。

「だと思う。だって、恵一さんと英二は雰囲気が似てるから」

「やめなよ」恵一は、不機嫌に車を発進させた。「俺、悪いけど嫌だよ。美浜ちゃんは、自分勝手だよ」

そうだ、私は自分勝手だ。自分さえ助かればそれでいい、と思っている。恵一と寝ることで、新しいわだかまりが生じたとて、英二の問題に決まりがつけば、それでいいのだった。次のことは、また考えればいい。

帰りの車中、私は眠った振りを続けているうちに、本当に寝てしまった。帰路は早く、一時間で私のマンションの前に着いた。いつの間にか、雨が激しく降っている。私は口を利《き》かなくなった恵一に礼を述べた。

「ありがとうございました」

「いや、こっちも変なところに誘っちゃってすみません」

恵一は、すっかり冷淡になっていた。私は苦笑した。

「随分、冷たいんですね」

「そういう訳じゃないけど、あれ、どういう意味。美浜ちゃん、変だよ」

ハンドブレーキを引いた恵一は、私に向き直った。

「だって、田無の踏切に連れて行ったのはあなたじゃない。あなたの一家は皆、英二が死んだのは、私と父のせいだと思ってたんでしょう。いや、うちの一家のせいだって。だったら、少しは気を遣って、謝ってくれたっていいじゃないですか。いい気にならないでよ。英二の馬鹿《ばか》が勝手に死ぬから、苦労したのはうちだって同じよ。何よ、自分ちのことばっか」

無茶苦茶なこと言っている、とわかっていた。恵一は、呆《あき》れた風に肩を竦めた。気障《きざ》な仕種《しぐさ》だった。こいつは嫌いだ、と私は思った。

「すみませんでした」

恵一が固い顔で謝った。


エントランスホールに入って行くと、エレベーターがドアを開いて待っていた。飛び乗ると、ドアボタンを押した宇野さんが笑っていた。ピンクのコートに白いパンツ姿だ。手に白いビニール傘を持っている。

「見たわよ」宇野さんは親しげに、私の腕に触れた。「雨の中、見送っちゃって」

「あの人は違《ちが》うの」

私は雨で濡《ぬ》れた髪に手で触れた。

「高校生みたいねえ」

私の戸惑いをはにかみと誤解したのか、宇野さんは笑って、それから十二個あるボタンを全部押した。私は声を上げた。

「各駅停車」

「ゆっくり話せるじゃない」

エレベーターは上がっては停まり、上がっては停まり、した。日曜の雨の夜は、誰も部屋から出て来ない。私たちは恋人同士のように久々に会った嬉《うれ》しさを感じた。

「今日も仕事だったの？」

「本当は休みなんだけど、突然スケジューラーから出てくれって電話があってねえ。もう疲れて疲れて」

宇野さんは小さな肩を自分で揉《も》んだ。

「この間の夜、姉が上で物音がしてたって言ってたから、心配してたのよ」

「すみませんねえ。大変だったのよ、ご推察どおり。ダンナと大ゲンカ。あんな大きな男に殴られたら死んじゃうわよね。本当に頭に来てるの」

宇野さんは一気に喋《しゃべ》った。

「どこ殴られたの」

ここ、と頬を差し出す。ファウンデーションの下に薄紫の痣《あざ》が見えた。

「ひどい痣ね」

「だから、あたしね」

話の途中で十一階に着いてしまった。私はそのまま宇野さんの住む十二階まで一緒に昇った。あとで一階分下りてくればいい。宇野さんが、付け足した。

「あたし、別れるかもしれないわよ」

そう言う宇野さんの表情は、年相応に、いや、それ以上に老けて見えた。宇野さんは、じゃあねと手を振り、暗い廊下をすたすたと行ってしまった。


父と姉はコタツに入ってSFXのテレビ映画を見ていた。二人ともパジャマの上にセーターを着ている。朝の早い母はとっくに寝てしまったらしい。私は手も洗わずにキッチンに行き、水を飲んだ。相変わらずゴチャゴチャと物が載ったダイニングテーブルの上に、灰色をした人間の首が置いてあった。私は近寄って眺めた。

「どうだ」

いきなり、父がコタツから私に叫んだ。長い時間かかってデッサンした自画像から作った、自分の頭部らしい。新聞紙の上に置かれて、本当の人間の頭ほどの大きさがあった。

「これ、お父さんの顔?」

「うん」

確かに似ているが、どこかが違っていた。つまり正面は父の顔だが、斜め後ろと後頭部は違う。だから全体は、見たこともない老人だった。

「お父さんじゃないみたい。気持ち悪い」

父は珍しく憮然《ぶぜん》とした顔で、私を睨《にら》んだ。私が高校生の頃には、よくこういう表情をしていた、と不意に思い出した。父を苛立《いらだ》たせる何かが、その頃の私にあったのだろう。それとも、父の側に私を苛立たせるものが。

「ここに置いてあるの、嫌だな」

私はとどめを刺した。恵一に対してもそうだったが、なぜか今夜は攻撃的な気分になっている。

「そういう言いかたはねえだろ」

父が低い声で怒り、ちっと大きな舌打ちをさせた。

「みいちゃん、いい加減にしてよ」

姉が振り返り、さっと私の全身を一瞥《いちべつ》した。その目に探る色がある。私はいらいらした。父はもう何も言わずにわざとらしく横を向いている。私に心底、腹を立てたらしい。姉が尋ねた。

「どこに行ってたの」

「田無の踏切」

私はコートを脱いで不機嫌に言った。父は、ぎょっとしたように私を見た。その顔には嫌悪《けんお》がはっきり出ていた。

「司津ちゃんも何回も行ったことあるでしょう」

「何よ、馬鹿ねえ。噂に決まってるでしょう」

姉は本当に怒ったらしく、正面を向いて吐き捨てるように言った。私が無用に父親と自分を傷付けていると思ったのだろう。昼間の「ソフトボール大会」のせいか、顔が微《かす》かに陽灼《ひや》けしていた。

「あんたのほうがよっぽど馬鹿よ。こんな親と一緒に住んで、もう老《ふ》けてきたよ。

みんな年寄りだよ」

姉の赤らんだ顔の色がすうっと蒼白《そうはく》になった。姉がコタツを蹴《け》るように飛び出したのを目の端に捉《とら》え、私は自室に駆け込んだ。

部屋の中はひんやりと湿った感じがして、私の気持ちを落ち着かせた。私は濡れたコートを椅子《いす》の背にかけ、カーテンが開いたままの窓から降りしきる雨を見た。十一階から見る雨はただの水の線だ。雨の音を暗闇《くらやみ》で聞いているうちに、今日の出来事も、何かの徴候かもしれない、と思った。やっと自由になれる徴候？　私は一人で呟《つぶや》き、それから少し泣いた。英二がもう少し生きていてくれれば、皆が幸せになったかもしれないと思ったからだった。そして、今度はどこに住もうかと、恵一の車の中で見た地図を思い浮かべた。

文庫版あとがき
――「取り残された人々」

桐野夏生

この作品を出版することになるとは思ってもみなかった。一九八八年に「すばる文学賞」に応募し、最終候補作には残ったものの、「受賞作なし」という厳しい選考結果に終わったせいである。確かに、読み返すと冷汗《ひやあせ》が出るほど拙《つたな》いし、思考も浅い。明らかに練り込み不足で、自分の作品ながら通読するのも辛《つら》いほどだった。しかし、生み出したものを放置するのも面白くない。途中で停止した思考を最初からやり直そうとしたのが、本書の試みである。

改稿していて感じたのは、当たり前のことだが、時代の変遷《へんせん》の激しさだ。この作品は、「取り残された人々」を描こうとしたのだった。主人公・美浜の父親は、漁業権を放棄して喫茶店を開き、失敗した過去を持つ。海は埋《う》め立てられて、ディズニーランドが建設され、美浜もその家族も、新しい街で新しくやって来た人々に囲まれて、うろたえるように暮らしているのだ。時はちょうどバブル前夜。美浜の一家は、自分たちは間違いなく取り残される、という予感に怯《おび》えて暮らす「滅びゆく家族」でもあった。そして、美浜もまた、双子《ふたご》の兄妹のように感じていた英二を亡《な》くし、輝かしい青春から取り残されている。美浜にとっては、過去の出来事を永遠に周回する物語でもあるのだ。

しかし、バブルは過ぎ、時代に取り残されることに、さほどの意味はなくなった。現在、ほとんどの人間が、取り残されているのだから。では、何に取り残されたのか。それを考えるのはまた違う仕事になるだろう。そして、回想で語られる美浜の青春時代には、携帯電話もパソコンもCDも登場しない。その意味では、懐かしさを感じながら進められた改稿作業だったが、これらのことが読者に伝わるだろうか。私の心配はこの一点にある。

残念なのは、この作品が生まれ変わったことを報告したかった当時の担当編集者、片柳治氏が、今年亡くなられたことだ。初めて出版社に出向き、片柳氏と打ち合わせた時の緊張は、一生忘れない。美浜のように、私もこの原点を周回して生きていくつもりである。

（平成十七年八月）

本書は第十二回「すばる文学賞」最終候補作となった原稿に加筆・修正をほどこした新潮文庫のオリジナル作品です。

桐野夏生著
ジオラマ
あたりまえのように思えた日常は、一瞬で、あっけなく崩壊する。あなたの心も、変わってゆく。ゆれ動く世界に捧げられた短編集。

小池真理子著
欲望
愛した美しい青年は性的不能者だった。決してかなえられない肉欲、そして究極のエクスタシー。あまりにも切なく、凄絶な恋の物語。

小池真理子著
恋
直木賞受賞
誰もが落ちる恋には違いない。でもあれは、ほんとうの恋だった——。痛いほどの恋情を綴り小池文学の頂点を極めた直木賞受賞作。

小池真理子著
無伴奏
愛した人には思いがけない秘密があった——。一途すぎる想いが引き寄せた悲劇を描き、『恋』『欲望』への原点ともなった本格恋愛小説。

篠田節子著
アクアリウム
ダイビング中に遭難した友人の遺体を探すため、地底湖に潜った男が暗い水底で見た驚くべき光景は？　サスペンス・ファンタジー。

篠田節子著
家鳴り
ありふれた日常の裏側で増殖し、出口を求めて蠢く幻想の行き着く果ては……。暴走する情念が現実を突き崩す瞬間を描く戦慄の七篇。

江國香織ほか著　いじめの時間

心に傷を負い、魂が壊される。そんなぼくらにも希望の光が見つかるの？「いじめ」に翻弄される子どもたちを描いた異色短篇集。

篠田節子ほか著　恋する男たち

小池真理子、唯川恵、松尾由美、湯本香樹実、森まゆみ等、女性作家六人が織なす男たちのラブストーリーズ、様々な恋のかたち。

真保裕一著　ホワイトアウト
吉川英治文学新人賞受賞

吹雪が荒れ狂う厳寒期の巨大ダムを、武装グループが占拠した。敢然と立ち向かう孤独なヒーロー！冒険サスペンス小説の最高峰。

真保裕一著　ストロボ

友から突然送られてきた、旧式カメラ。彼女が隠しつづけていた秘密。夢を追いかけた季節、カメラマン喜多川の胸をしめつけた謎。

重松清著　ナイフ
坪田譲治文学賞受賞

ある日突然、クラスメイト全員が敵になる。私たちは、そんな世界に生を受けた——。五つの家族は、いじめとのたたかいを開始する。

重松清著　ビタミンF
直木賞受賞

もう一度、がんばってみるか——。人生の〝中途半端〟な時期に差し掛かった人たちへ贈るエール。心に効くビタミンです。

谷崎潤一郎著　**痴人の愛**

主人公が見出し育てた美少女ナオミは、成熟するにつれて妖艶さを増し、ついに彼はその愛欲の虜となって、生活も荒廃していく……。

谷崎潤一郎著　**蓼《たで》喰《く》う虫**

性的不調和が原因で、互いの了解のもとに妻は新しい恋人と交際し、夫は売笑婦のもとに通う一組の夫婦の、奇妙な諦観を描き出す。

谷崎潤一郎著　**卍（まんじ）**

関西の良家の夫人が告白する、異常な同性愛体験――関西の女性の艶やかな声音に魅かれて、著者が新境地をひらいた記念碑的作品。

三島由紀夫著　**愛の渇き**

郊外の隔絶された屋敷に舅と同居する未亡人悦子。夜ごと舅の愛撫を受けながらも、園丁の若い男に惹かれる彼女が求める幸福とは？

三島由紀夫著　**禁色**

女を愛することの出来ない同性愛者の美青年を操ることによって、かつて自分を拒んだ女達に復讐を試みる老作家の悲惨な最期。

三島由紀夫著　**鏡子の家**

名門の令嬢である鏡子の家に集まってくる四人の青年たちが描く生の軌跡を、朝鮮戦争直後の頽廃した時代相のなかに浮彫りにする。

阿部和重著

インディヴィジュアル・プロジェクション

元諜報員の映写技師・オヌマが巻きこまれたプルトニウム239をめぐる闘争。ヤクザ 旧同志・暗号。錯乱そして暴走。現代文学の臨界点！

阿部和重著

ニッポニアニッポン

ネットで武装した引きこもり少年の革命計画とは？ 「トキ」をテーマに、日本という「国家」の抱える矛盾をあぶりだす超先鋭文学！

角田光代著

キッドナップ・ツアー

産経児童出版文化賞フジテレビ賞
路傍の石文学賞

私はおとうさんにユウカイ（＝キッドナップ）された！ だらしなくて情けない父親とクールな女の子ハルの、ひと夏のユウカイ旅行。

角田光代著

真昼の花

私はまだ帰らない、帰りたくない――。アジアを漂流するバックパッカーの癒しえぬ孤独を描いた表題作ほか「地上八階の海」を収録。

河野多恵子著

みいら採り猟奇譚

野間文芸賞受賞

自分の死んだ姿を見るのはマゾヒストの願望。グロテスクな現実と人間本来の躍動と日常生活の濃密な時空間に「快楽死」を描く純文学。

矢作俊彦著

スズキさんの休息と遍歴

またはかくも誇らかなるドーシーボーの騎行

スズキさんは40歳。今では立派な中年だ。しかし20年前のあの日々、何者かであった筈なのだが……。全共闘世代の現在を描いた話題作。

浅田次郎著

薔薇盗人

父子の絆は、庭の美しい薔薇。船長の父へ息子の手紙が伝えた不思議な出来事とは……。人間の哀歓を巧みに描く、愛と涙の6短編。

伊集院静著

海峡
―海峡　幼年篇―

かけがえのない人との別れ。切なさを噛みしめて少年は海を見つめた――。瀬戸内の小さな港町で過ごした少年時代を描く自伝的長編。

大沢在昌著

らんぼう

検挙率トップも被疑者受傷率120％。こんな刑事にはゼッタイ捕まりたくない！　キレやすく凶暴な史上最悪コンビが暴走する10篇。

小川洋子著

薬指の標本

標本室で働くわたしが、彼にプレゼントされた靴はあまりにもぴったりで……。恋愛の痛みと恍惚を透明感漂う文章で描く珠玉の二篇。

水村美苗著

私小説 from left to right
野間文芸新人賞受賞

二つの国と言語に引き裂かれた滞米20年の日本人姉妹――。英語を交えた長電話を軸に、二人の孤独が語られる、本邦初の横書き小説。

渡辺淳一著

かりそめ

しょせんこの世はかりそめ。だから、せめて今だけは……。過酷な運命におののきつつ、背徳の世界に耽溺する男と女。

新潮文庫最新刊

桐野夏生著
冒険の国
時代の趨勢に取り残され、滅びゆく人びと。同級生の自殺による欠落感を埋められない主人公の痛々しい青春。文庫オリジナル作品！

柳美里著
石に泳ぐ魚
裸の魂は、あらゆるものに牙を剝き、傷つき、彷徨う。数少ない宿り木さえ、遠くへ霞む。生きることの凄絶さを捉えた傑作処女長篇。

北原亞以子著
隅田川 慶次郎縁側日記
「一緒に地獄に墜ちるなら本望だよ」と言われても、俺にはどうしようもできねえ……。ままならぬ人間模様が切ない、シリーズ第六弾。

山本一力著
いっぽん桜
四十二年間のご奉公だった。突然の、早すぎる「定年」。番頭の職を去る男が、一本の桜に込めた思いは……。人情時代小説の決定版。

宇江佐真理著
深尾くれない
短軀ゆえに剣の道に邁進し、雖井蛙流を起こした鳥取藩士・深尾角馬。紅牡丹を愛した孤独な剣客の凄絶な最期までを描いた時代長編。

米村圭伍著
退屈姫君 恋に燃える
身分違いの恋？ すてきすてき！ 家来の縁結びに俄然燃えるめだか姫。が、ここにも田沼意次親子の陰謀が。文庫書き下ろし。

冒《ぼう》険《けん》の国《くに》

新潮文庫　き-21-2

平成十七年十月一日発行

著者　桐《きり》野《の》夏《なつ》生《お》

発行者　佐藤隆信

発行所　株式会社 新潮社

郵便番号　一六二―八七一一
東京都新宿区矢来町七一
電話 編集部(〇三)三二六六―五四四〇
読者係(〇三)三二六六―五一一一
http://www.shinchosha.co.jp

価格はカバーに表示してあります。

乱丁・落丁本は、ご面倒ですが小社読者係宛ご送付ください。送料小社負担にてお取替えいたします。

印刷・東洋印刷株式会社　製本・株式会社大進堂

ISBN4-10-130632-X C0193